SCIENCE FICTION

GRUNDRISS

Was ist Science Fiction? 3
Wegbereiter der Science Fiction 9
»Pulp«-Science Fiction – Die Gernsback-Ära 28
Vom »Goldenen Zeitalter«
zur Respektabilität und Stagnation 39
Die Revolte der »New Wave« 54
Die Science Fiction auf der Suche nach neuen Wegen 65
Cyberpunker und kalte Krieger 72
Neue Weltraumoper, »New Weird«
und neue »harte« Science Fiction 81

VERTIEFUNGEN

Hohlweltgeschichten 94
Die britische »scientific romance« 98
Raketenpioniere und die Science Fiction 102
Die klassische Weltraumoper 104
Okkultismus, Scheinwissenschaft und Science Fiction 107
»Harte« Science Fiction 111
Alternative Geschichte 116

ANHANG

Glossar 121
Literaturhinweise 125

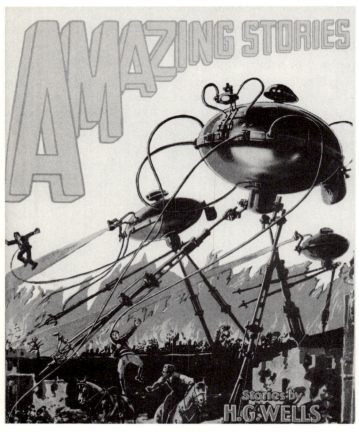

So stellte sich Frank R. Paul die Kriegsmaschinen der Marsianer in H.G. Wells' *War of the Worlds* vor.

GRUNDRISS

Was ist Science Fiction?

Science Fiction erblickte im Jahr 1926 unter dem kurzlebigen Namen »scientifiction« das Licht der Welt. In der ersten, auf April datierten Ausgabe der Zeitschrift *Amazing Stories* beschrieb der Herausgeber Hugo Gernsback – 1884 als Hugo Gernsbacher in Luxemburg geboren, in Bingen an der Mosel zum Ingenieur ausgebildet und 1904 in die USA ausgewandert – was er von der neuen literarischen Gattung erwartete: »Geschichten der Art, wie Jules Verne, H.G. Wells und Edgar Allan Poe sie schrieben – eine bezaubernde Erzählung vermischt mit wissenschaftlichen Tatsachen und prophetischer Vision.«

Das ideale Mischungsverhältnis war laut Gernsback 75% Literatur und 25% Wissenschaft. In den ersten Ausgaben von *Amazing Stories* erschienen noch vor allem Wiederabdrucke von Geschichten von Verne, Wells, Poe und anderen, heute fast vergessenen Autoren wie Garrett Serviss (1851–1929) oder Abraham Merritt (1884–1943). Nach und nach rekrutierte Gernsback erfahrene Schreiber wie Murray Leinster (1896–1975; d.i. William Fitzgerald Jenkins) und neue Talente wie Miles J. Breuer (1889–1947), Jack Williamson (geb. 1908) oder E.E. ›Doc‹ Smith (1890–1965), und die Klassiker mussten ihre Plätze räumen. Mit dem aus Österreich stammenden Illustrator Frank R. Paul (1884–1963) hatte Gernsback einen kongenialen Mitarbeiter gefunden. Pauls Umschlagbilder prägen die Bildwelt der Science Fiction bis heute; als ausgebildeter Architekt vermochte er urbane und technische Zukunftsphantasien in einzigartigem Detail zu illustrieren. 1929 verlor Gernsback die Kontrolle über *Amazing Stories* und in seinem neuen verlegerischen Vorhaben, *Science Wonder Stories* (später *Wonder Stories*), ersetzte er den schwerfälligen Begriff »scientifiction« durch den eingängigeren »science fiction«; dieser Begriff eroberte im Laufe der dreißiger Jahre zuerst die USA, dann schließlich die ganze Welt.

Was ist Science Fiction?

Hugo Gernsback Manifest zur »scientifiction« in der ersten Ausgabe von *Amazing Stories*.

Als Pionier konnte Hugo Gernsback es sich noch leicht machen und einfach von einem Tag auf den anderen eine neue literarische Form schaffen. Heute ist die Lage ein wenig komplizierter geworden, und nach einer fast achtzigjährigen Geschichte der von Gernsback ausgerufenen literarischen Form fällt eine einfache Definition der Science Fiction nicht mehr so leicht. Im Folgenden soll eine historische Definition der SF Anwendung finden. Ich werde nicht versuchen, Werke aus dem 17., 18. oder 19. Jahrhundert zu frühen Vertretern der SF zu erklären, weil diese Gattung und ihre Konventionen vor dem 20. Jahrhundert noch nicht existierten und vor dem 19. Jahrhundert weder »science« noch »fiction« in ihrer heutigen Form bestanden.

Im Falle der Science Fiction waren die zwanziger und dreißiger Jahren des 20. Jahrhunderts entscheidend für die Konsolidierung der Gattung. Zeitschriften wie *Amazing Stories*, *Wonder Stories* oder *Astounding Science-Fiction* boten Autoren, Lesern – Leserbriefe spielten eine einzigartige Rolle in den SF-Zeitschriften – und Kritikern zum ersten Mal ein Forum, in dem Theorie, Formen, Inhalte und Grenzen der neuen technisch-prophetischen Literatur verhandelt werden konnten. Die Begriffe »Theorie«, »Kritik« und »Kritiker« bedeuten jedoch nicht, dass die Debatten in den Leserbriefkolumnen von *Amazing Stories*, anderen Pulps und in den erstmals auftauchenden Fanzeitschriften (»fanzines«) auf einem akademischen Niveau abliefen. Die hauptsächlich männliche, meist junge und in technischen Berufen tätige Leserschaft der Heftchen hatte nicht das Geringste übrig für die formellen und erzählerischen Neuerungen des literarischen Modernismus à la James Joyce oder Virginia Woolf, waren oft dogmatisch, engstirnig, nicht selten rassistisch, misogyn und interessierten sich mehr für Maschinen als für Menschen. Autoren in *Amazing Stories* zeigten häufig eine geradezu trotzige Ablehnung hoher Literatur; sogar H. G. Wells war vielen Autoren und Lesern zu anspruchsvoll, von Autoren wie Aldous Huxley ganz zu schweigen. 1932 urteilte beispielsweise Conrad A. Brandt, ein früherer Mitarbeiter Gernsbacks, wie folgt über Huxleys *Brave New World*: »Aus der Sichtweise des Science-Fiction-Fans ist dieses Buch entschieden ein Flop.« Eine solche Äußerung ist bezeichnend für die »schwere Erbschaft« der Science Fiction, für ihre »unansehnliche Geburt« (so der österreichische SF-Experte Franz Rottensteiner). Noch 1959 beschrieb Robert A. Heinlein (1907–1988), einer der ganz großen SF-Autoren des »Goldenen Zeitalters«, Schlüsselwerke der literarischen Moderne als »krank«, auf die Couch eines Psychoanalytikers und nicht in die Öffentlichkeit gehörend. Das Wirken Gernsbacks und seiner Nachfolger – besonders herauszuheben ist hier John W. Campbell Jr. – verschaffte der Science Fiction aber trotz aller Engstirnigkeit eine Identität, zahlreiche treue Leser und eine Vielzahl thematischer Konventionen – Konventionen, die in der Folge von neuen Generationen von Autoren in Frage gestellt und verändert wurden und damit das SF-Genre lebendig erhielten.

Die literarische Kritik und Literaturwissenschaft ließ mit ihrer Anerkennung der neuen Gattung lange auf sich warten, und auch amerikanische Buchverleger hatten zunächst keine allzu große Eile, Science Fiction als eigenes Genre anzuerkennen. Bis Ende der dreißiger Jahre war Science Fiction nahezu ausschließlich auf die billigen Pulp-Magazine beschränkt und hatte noch keine Chance erhalten, in den profitableren Buchmarkt einzudringen. Die ersten Schritte waren dann auch zaghaft, denn Science Fiction wurde noch nicht als unter diesem Etikett vermarktbar betrachtet. Die erste, in den vierziger Jahren erschienene SF-Anthologie wurde in einer Reihe veröffentlicht, die eine wilde Mischung von Gartenratgebern, Kreuzworträtseln, Shakespeares Tragödien und Kriminalgeschichten enthielt. Das Erscheinen dieser von Donald A. Wollheim (1914–1990), einem der frühesten und einflussreichsten SF-Fans, herausgegebenen Anthologie *The Pocket Book of Science-Fiction* im Jahr 1943 ist laut dem Literaturwissenschaftler Gary Wolfe in seiner Bedeutung vergleichbar mit Gernsbacks *Amazing Stories*: Science Fiction wurde nach mehr als einem Jahrzehnt der Nischenexistenz auf dem Markt billiger Zeitschriften endlich für den Massenbuchmarkt erschlossen. Aber erst 1952 begann der Verlag Ballantine Books, Bücher offen als Science Fiction zu kennzeichnen. In Deutschland erschien die erste Reihe von aus dem Amerikanischen übersetzten Science-Fiction-Romanen ab 1952 im Düsseldorfer Karl Rauch Verlag unter den Namen *Rauchs Weltraumbücher* (die Vorworte verfasste der deutsch-amerikanische Philosoph Gotthard Günther). Erst ab Mitte der fünfziger Jahre wird der Begriff Science Fiction in Deutschland nach und nach durch Heftveröffentlichungen wie beispielsweise *Utopia*, *Terra*, *Galaxis* und *Perry Rhodan* bekannt.

Was ist Science Fiction?

Science Fiction entstand natürlich nicht in einem geschichtslosen Raum und verdankt ihre Existenz keineswegs nur dem Genius Hugo Gernsbacks. Gernsback selbst erkannte historische Einflüsse auf sein Vorhaben an: So schmückte beispielsweise eine Zeichnung von Jules Vernes Grab in Amiens die erste Ausgabe von *Amazing Stories*. Viele Leser, die ab 1926 diese Hefte in die Hand nahmen, waren selbstverständlich geprägt von Autoren wie Verne, Wells oder Edgar Rice Burroughs, dem Autor der Tarzan-Abenteuer und zahlreicher Weltraum-Romanzen. Trotzdem ist es wenig ergiebig, eine Genealogie der Science Fiction aufzustellen. Die oben genannten Autoren haben durch die zeitliche Nähe ihres Schaffens zum SF-Geburtsdatum 1926 zweifellos direkten Einfluss auf Formen und Inhalte der entstehenden Gattung ausgeübt. Es wird aber immer wieder weiter zurückgegriffen, regelmäßig Johannes Keplers posthum veröffentlichte Traumreise zum Mond *Somnium* (1634), Jonathan Swifts *Gulliver's Travels* (1726), Mary Shelleys *Frankenstein* (1818) oder gar die Dichtungen Lukians (120–185) als Vorläufer der Science Fiction genannt. Die Werke dieser Autoren führen aber auf keinem einfachen Weg zur modernen SF, denn die beiden Begriffe »science« und »fiction« haben erst im späten 18. Jahrhundert ihre noch heute gültigen Bedeutungen erlangt. Daher ist es legitim, die Traditionsstränge, die sich später zur SF vereinigten, bei Shelleys *Frankenstein* aufzunehmen – womöglich der erste Roman, der »science« im modernen Sinne thematisiert.

Die Geburt der »wirklichen« Science Fiction dann auf den April 1926 festzulegen, ist natürlich trotz alledem eine Vereinfachung: die Verleihung eines Namens an eine literarische Praxis ist nicht notwendigerweise mit dem Ursprung der Praxis gleichsetzbar. Es ermöglicht aber, einen pragmatischen Mittelweg zwischen zu weiten und zu engen Definitionen der Science Fiction zu wählen. Wenn der amerikanische Literaturwissenschaftler H. Bruce Franklin Science Fiction als Literatur bestimmt, die Wissenschaft und Technologie »bewertet und sie zum Rest der menschlichen Existenz in Beziehung setzt«, dann fallen viel zu viele Werke, auch realistische Romane unter die Definition. John W. Campbell setzte die Methodik der Wissenschaft mit der Science Fiction gleich – »Die wissenschaftliche Methode geht von der These aus, dass eine gut durchdachte Theorie einerseits keinem bekannten Phänomen widersprechen darf, andererseits aber neue und bisher unbekannte Phänomene vorhersagen kann. Science Fiction versucht das Gleiche – und sie arbeitet in Form einer Erzählung aus, wie die Ergebnisse aussehen werden, wenn sie nicht nur auf Maschinen, sondern auch die menschliche Gesellschaft angewandt werden« – und schränkt mit dieser Parallelisierung von literarischer und wissenschaftlicher Methode die Möglichkeiten der SF zu sehr ein.

Dieser durch die historische Bestimmung der Science Fiction bedingte Pragmatismus macht es im Gegenzug allerdings schwer, eine kurze und allgemeingültige Definition der Science Fiction anzubieten. Eine einflussreiche Definition stammt von Darko Suvin (geb. 1930): »Science Fiction ist eine literarische Gattung, deren notwendige und ausreichende Bedingungen im Vorhandensein und Zusammenspiel von Entfremdung und Erkenntnis und deren hauptsächlicher formeller Kunstgriff in einem einfallsreichen Grundgerüst alternativ zur empirisch fassbaren Umwelt des Autors besteht.« Suvin betont weiterhin besonders das »Novum«, den von einem spezifischen Objekt oder einer Praxis repräsentierten Unterschied zwischen der fiktiven Welt und der empirisch fassbaren Welt des Autors und Lesers. Die Welt der Science Fiction ist gleichzeitig dissonant und unvereinbar mit der Erfahrung des Lesers und dennoch bekannt; diese Entfremdung – allerdings wird in wirklich guter SF diese Entfremdung von der eigenen Realität durch ein Gefühl der Familiarität mit der fiktiven Realität ersetzt – wird durch technische und soziale Neuerungen verursacht, die prinzipiell möglich erscheinen, da sie in der Sprache der Wissenschaft und Technologie beschrieben werden.

Im Folgenden beschränke ich mich ausschließlich auf Science-Fiction-Literatur. Seit den zwanziger Jahren des vergangenen Jahrhunderts formulieren auch zuerst Film, dann Fernsehen und später Computerspiele Zukunftsvisionen. In der SF spielt das geschriebene Wort eine Pionierrolle (allerdings unterstützt von einflussreichen Illustratoren), doch aus Platzgründen wird hier der SF-Literatur absoluter Vorrang eingeräumt. Noch zwei kurze Bemerkungen zur Terminologie: Soll es nun »Science-Fiction« oder »Science Fiction« heißen? Bis Anfang der fünfziger Jahre war der Bindestrich üblich. 1951 ließ die Zeitschrift *Astounding Science Fiction* den Bindestrich fallen, und seither hat sich diese typographische Konvention immer stärker durchgesetzt. Ich werde häufig das Kürzel SF statt Science Fiction benutzen. Die beiden Bezeichnungen sind streng genommen nicht völlig austauschbar. Schon seit den späten vierziger Jahren herrschte Unzufriedenheit mit dem Begriff Science Fiction, da er immer weniger die Ambitionen vieler Autoren widerzuspiegeln vermochte. Die Abkürzung SF besitzt den Vorteil, sich als »science fantasy«, »speculative fiction«, »speculative fantasy« oder gar, wie 1975 von dem Literaturwissenschaftler Robert Scholes vorgeschlagen, als »structural fabulation« übersetzen zu lassen. Eine Warnung: Wer sich vor Liebhabern der Science-Fiction-Literatur nicht blamieren möchte, sollte das Kürzel »Sci-Fi« (sprich: »skiffy«) unbedingt meiden – es beschreibt abschätzig die meist als Entgleisung betrachtete SF in den visuellen Medien.

Wegbereiter der Science Fiction

Strenggenommen wurde Science Fiction erst dann möglich, als sowohl »science« als auch »fiction« stabile Bedeutungen angenommen hatten. Dies geschah erst an der Wende vom 18. zum 19. Jahrhundert, als die Naturwissenschaften sich langsam als Disziplinen mit eigenem Sprachgebrauch und eigener professioneller Identität etablierten. Mary Shelleys *Frankenstein* (1818) ist einer der ersten Romane, der aktuelle Wissenschaft in einem fiktionalen Rahmen thematisiert. Mary Shelley (1797–1851) gründete ihren bis in die Gegenwart so wirkungsvollen Mythos des Wissenschaftlers, der ein Monster schafft, dessen Kontrolle ihm dann entgleitet, auf einem fundierten Verständnis der Naturwissenschaften ihrer Zeit. Der Chemiker Sir Humphrey Davy war das Vorbild für Professor Waldmann, den Lehrer Frankensteins in Ingolstadt, und die Quelle für Frankensteins Überzeugung, ein Chemiker solle »die Wesen, die ihn umgeben, modifizieren und ändern«. Shelley wusste auch von den Experimenten Giovanni Aldinis, der 1802 in London versuchte, mit Elektrizität einen erhängten Verbrecher wiederzubeleben. Eine Extrapolation aktueller wissenschaftlicher Prinzipien in die Zukunft findet nicht statt; *Frankenstein* ist ganz der zeitgenössischen Wissenschaft verhaftet. Shelleys Werk hatte keinen eindeutig nachweisbaren direkten Einfluss auf die sich im frühen 20. Jahrhundert herauskristallisierende SF, doch ist nach dem 2. Weltkrieg zu einem festen Bezugspunkt für eine pessimistische Richtung der SF geworden, die ein von der technischen Modernität hervorgerufenes Trauma behandelt: wissenschaftlicher Fortschritt ist nicht notwendigerweise befreiend, sondern kann versklaven, verletzen und zerstören. »Mad scientists« wie Viktor Frankenstein und seine Schöpfung, die Modell stand für irdische Wesen mit einem umstrittenen Status wie Roboter, Klone, Cyborgs und Androiden, sind zu einem festen Bestandteil des Repertoires der SF geworden. Dieses Repertoire ist ohne außerirdische Wesen allerdings unvollständig.

Die Überzeugung, das Weltall sei bewohnt, ist keineswegs auf die technische und wissenschaftliche Moderne beschränkt. In der frühen Neuzeit begann sich das kopernikanische, heliozentrische Weltbild durchzusetzen, und im 18. Jahrhundert wurde ein Glauben an die Bewohnbarkeit der Planeten wissenschaftliche und vielerorts sogar religiöse Orthodoxie. Das kopernikanische Weltbild bedeutete, dass Sterne unserer Sonne entsprechen und dass jeder Stern daher auch wahrscheinlich von Planeten begleitet wird. Und warum sollte Gott zahllose unbewohnte Planeten erschaffen und nur unserem Sonnensystem und der Erde eine Sonderstellung eingeräumt haben? Die literarische Erforschung des Weltalls begann zunächst mit kleinen Schritten; im 17. und 18. Jahrhundert erschienen eine Reihe von Werken, die Mondreisen und die Bewohner unseres Satelliten beschrieben. Diese Werke, so etwa Oliver Goldsmiths *Citizen of the World* (1762, dt. als *Der Weltbürger, oder Briefe eines in London weilenden chinesischen Philosophen an seine Freunde im fernen Osten*) oder Samuel Brunts *A Voyage to Cacklogallinia* (1720), waren meist Satiren, welche die Absurdität der irdischen Zustände beschrieben. Einen internationalen Bestseller verfasste der französische Wissenschaftler und Literat Bernard Bovier de Fontenelle (1657–1757). Sich auf René Descartes' Kosmologie stützend malte er in seinem spielerischen, mit galanten Anspielungen gespickten Werk *Entretiens sur la pluralité des mondes* (1686, dt. als *Gespräche über die Mehrheit der Welten*) einen Kosmos aus, der von bewohnten Planeten und Monden angefüllt ist. Im 18. und frühen 19. Jahrhundert erschienen unzählige Werke, welche die Mehrzahl der Welten verteidigten oder als gegeben und unproblematisch betrachteten. In der Mitte des 19. Jahrhunderts gerieten solche religiös inspirierten und wissenschaftlich untermauerten Theorien außerirdischen Lebens jedoch in die Defensive. Die Theologie hatte auf Erkenntnisse der Geologie und der Astronomie vertraut, aber diese beiden Wissenschaften konnten keine eindeutigen Beweise für die tatsächliche Bewohnbarkeit der Planeten oder die Existenz extraterrestrischen Lebens vorweisen. 1853 versetzte der britische Universalgelehrte William Whewell (1794–1866) diesen Theorien einen schweren Schlag, indem er theologische Argumente und neue Erkenntnisse der Geologie, Astronomie und Biologie zusammenfasste und argumentierte, außerirdisches Leben sei theologisch nicht notwendig und wissenschaftlich äußerst unwahrscheinlich. Erst mit dem Aufstieg des Darwinismus gab es wieder

Wegbereiter der Science Fiction

So stellte sich der französische Naturkundler Pierre Boitard in seinen *Études astronomiques* (1838–1849) die Bewohner der Sonne (oben) und des Uranus (unten) vor.

neue Möglichkeiten, wissenschaftlich und literarisch über außerirdisches Leben zu spekulieren.

Der Darwinismus hat im späten 19. Jahrhundert zur Verbreitung von zwei wesentlichen Ideen beigetragen: Zum einen, dass es sich lohnt, wissenschaftlich-spekulativ weit in die Vergangenheit oder Zukunft zu reisen und dass die Entwicklung des Lebens keineswegs notwendigerweise so hatte ablaufen müssen, wie es auf der Erde tatsächlich geschehen ist. Diese Erkenntnis legitimierte Geschichten, in denen Begegnungen mit prähistorischem oder zukünftigem Leben auf der Erde stattfinden. Beispielhaft für Begegnungen mit dem Leben der Vorzeit ist Arthur Conan Doyles *The Lost World* (1912, dt. als *Die verlorene Welt* bzw. *Die vergessene Welt*) und für den Blick in die Zukunft H.G. Wells' *The Time Machine* (1895, dt. als *Die Zeitmaschine*). Die zweite Einsicht ermöglichte die Ausgestaltung alternativer Welten, auf denen intelligentes Leben sich von Krebsen, Insekten, Spinnen oder anderen Tiergruppen ableitet: Es fand ein langsamer Wandel von menschenähnlichen zu tierähnlichen Außerirdischen statt. Solche intelligenten tierähnlichen Außerirdische tauchen zum ersten Mal 1883 in dem obskuren *Aleriel, or a Voyage to Other Worlds* des anglikanischen Geistlichen W. S. Lach-Szyrma (1841–1915) auf. Andere Autoren suchten nicht im Weltall, sondern im Innern der Erde nach fremden Wesen und Zivilisationen (siehe **Hohlweltgeschichten**). S.94

Die Anfänge der SF im 20. Jahrhunderts wurden von solchen evolutionären Spekulationen über irdisches und außerirdisches Leben und die Begeisterung für die Taten von Ingenieuren, nicht aber von imaginären Mondreisen, philosophisch-theologischen Gedanken über die Bewohner anderer Welten oder von Shelleys *Frankenstein* geprägt. Schlüsselrollen spielen vor allem Jules Verne (1828–1905), der mit technisch-ingenieurwissenschaftlich geprägten Abenteuererzählungen berühmt wurde, Herbert George Wells (1866–1946), der vor allem evolutionäre Szenarien schuf, und einige andere Autoren, die in spezifisch nationalen Kontexten Bedeutung gewinnen konnten.

Wegbereiter der Science Fiction

Jules Verne wurde am 8. Januar 1828 in der Hafenstadt Nantes geboren. Im Alter von zwanzig Jahren wurde er von seiner Familie nach Paris geschickt, um sich dort zum Anwalt auszubilden. Er schloss seine Ausbildung pflichtschuldig ab, doch übte die literarische Welt von Paris eine immer größere Anziehungskraft auf ihn aus. Von seinem Mentor Alexandre Dumas dem Älteren ermutigt, gab Verne seinen Anwaltsberuf schließlich auf und begann Theaterstücke, Operettenlibretti und Gedichte zu schreiben – allerdings ohne allzu großen Erfolg. Um sein Gehalt aufzubessern, verfasste Verne für populärwissenschaftliche Zeitschriften auch Artikel über wissenschaftliche und historische Themen. Er verbrachte viel Zeit in Bibliotheken, um seine Recherchen für diese Artikel durchzuführen – er vertiefte sich in Nachschlagewerke, wissenschaftliche Fachzeitschriften und Tageszeitungen. Bald begann er zu erwägen, solche technisch-wissenschaftliche Dokumentation in einen Roman einzuarbeiten: Fiktion und Abenteuer sollten mit wissenschaftlichen Prinzipien eine neuartige Einheit eingehen. *Cinq semaines en ballon* (1863, dt. 1876 als *Fünf Wochen im Ballon*) war die erste Frucht dieses Einfalls. Verne konsultierte während des Schreibens nicht nur schriftliche Quellen, sondern nahm auch Kontakt auf mit seinem Vetter, dem Mathematiker Henri Garcet, dem Forschungsreisenden Jacques Arago und dem Fotografiepionier und Ballonfahrer Félix Tournachon (besser bekannt unter dem Pseudonym Nadar). Nach der Fertigstellung des Manuskripts traf Verne zufälligerweise den bekannten Pariser Verleger Pierre Jules Hetzel, der in seiner neuen Zeitschrift *Magasin d'éducation et de récréation* Vernes Roman in Serienform veröffentlichte. Damit begann eine profitable Partnerschaft, die nahezu ein Vierteljahrhundert bis zum Tode Hetzels dauern sollte. In seinem nächsten Werk, *Voyage au centre de la terre* (1863, dt. 1874 als *Reise nach dem Mittelpunkt der Erde*) manifestierten sich zum ersten Mal Vernes Stärken in aller Deutlichkeit: ein aufregender Schauplatz, der Eindruck, sich an der Grenze des Bekannten zu bewegen, und die Fähigkeit, das Unbekannte, das Neue wissenschaftlich plausibel zu machen, eine geschickte Mischung von Protagonisten (ein Wissenschaftler, ein Abenteurer und eine Person, die den durchschnittlichen Leser repräsentiert) und ein erzählerischer Überschwang, der von der Wissenschaftlichkeit vieler Passagen gedämpft wird und daher nicht überhand nimmt. In den folgenden zehn Jahren perfektionierte Verne seine Methode, Staunen und Didaktik miteinander zu verbinden.

Die Höhepunkte seines Schaffens in dieser Zeit sind *De la terre à la lune* (1865, dt. 1874 als *Von der Erde zum Mond*), *Autour de la lune* (1870, dt. 1874 als *Reise um den Mond*), *Vingt mille lieues sous les mers* (1870, dt. 1875 als *Zwanzigtausend Meilen unterm Meer*) und *Le tour de monde au quatre-vingt jours* (1873, dt. 1875 als *Reise um die Erde in achtzig Tagen*). Seine späteren Werke sind meist Variationen seiner in den sechziger und frühen siebziger Jahren entwickelten Themen.

Jules Verne hat immer noch den Ruf eines technikverliebten Optimisten. Allerdings sind Zweifel angebracht, ob dieses Urteil gerechtfertigt ist. Denn es müssen auch die Bedingungen betrachtet werden, unter denen Verne arbeiten musste. Bis 1886 erschienen seine Werke unter der strengen Aufsicht des Verlegers Pierre-Jules Hetzel. Im Vorwort zu Vernes *Les voyages et aventures du capitaine Hatteras* (1866, dt. 1875 als *Reisen und Abenteuer des Kapitän Hatteras*) stellte Hetzel eine Art »ästhetisches Manifest« des von Verne begründeten Romantypus vor. Hetzel erklärte, Verne habe eine neue Gattung geschaffen, die das gesamte Wissen der Wissenschaften mit umfasse; es sei »die Stunde gekommen, in der die Wissenschaft ihren Platz in der Domäne der Literatur erlangt hat«. Hetzels *Magasin d'éducation et de récréation* hatte das Ziel, zu belehren und zu unterhalten und die Errungenschaften der Technik zu feiern. Und Vernes Geschichten wurden von Hetzel als voll und ganz vereinbar mit diesem fortschrittsgläubigen und optimistischen Programm betrachtet. Hetzel griff auch in den Text ein, wenn er die Absatzfähigkeit seines Autors gefährdet sah. Allerdings lassen sich in Vernes Werken immer Spuren des Widerstandes gegen die optimistische Ideologie Hetzels finden. So erzählt beispielsweise *Le cinq cent millions de la bégum* (1879, dt. 1881 als *Die fünfhundert Millionen der Begum*) die Geschichte zweier symbolischer Gestalten, der Franzose Dr. Sarrasin und der Deutsche Schultze, die jeweils ein enormes Vermögen erben und es nutzen, um zwei ideale Gemeinschaften im wilden Nordwesten der USA zu etablieren. Sarrasin schafft ein friedliches utopisches Dorf, während Schultze eine Waffenfabrik errichtet. Schultze repräsentiert die Möglichkeit, dass Wissenschaft eben nicht immer automatisch im Dienste des Guten steht. In *L'île à hélice* (1895, dt. 1897 als *Die Propellerinsel*) schildert Verne, wie Politiker und Missionare die Kulturen polynesischer Inseln zerstören. Das erst 1989 entdeckte Manuskript *Paris au XXiéme siècle* (dt., 1996 als *Paris im 20. Jahrhundert*) zeigt, dass Vernes pessimistische Haltung nicht auf seine späten Lebensjahre beschränkt war. Verne schrieb diesen dystopischen Roman, der das Leben eines idealistischen jungen Mannes in einem materialistischen Paris von 1960 schildert, schon 1863, also ganz am Beginn seiner Karriere.

Jules Verne ist nicht der Vater der modernen Science Fiction; er meidet in der Regel das wissenschaftlich Unbekannte, das Weltall und die Zukunft. Wenn er etwas mutiger in die Zukunft extrapoliert, dann handelt es sich meist um ironische Kommentare zur Gegenwart des Autors. Vernes Romane bieten ein Kompendium des Wissens des 19. Jahrhunderts. Das Material für seine Geschichten fand er in den zahllosen auflagenstarken Zeitschriften mit populärwissenschaftlichem und geographischem Inhalt sowie in den Schriften Camille Flammarions, des erfolgreichsten Popularisierers der Astronomie. Marie-Hèléne Huet behauptet treffend: »Jules Vernes wirkliche Originalität bestand nicht darin, das 20. Jahrhundert vorweggenommen, sondern die Realitäten und Aspirationen des 19. realistisch porträtiert zu haben.«

Wegbereiter der Science Fiction

Das komfortable Innere von Vernes Mondprojektil

Im Schatten Vernes stehen einige andere erwähnenswerte französischsprachige Pioniere. In dem dystopischen, aber dennoch amüsanten und brillant illustrierten *Le monde tel qu'il sera* (1846, 2004 erstmals ins Englische übersetzt als *The world as it shall be*) schildert Emile Souvestre (1805–1854) die Welt des Jahres 3000: Kinder werden von Dampfmaschinen erzogen, die Schweiz wird von einem Industriellen zu einem Themenpark umgewandelt und Ärzte diagnostizieren jeden als psychisch krank. Souvestre warnte vor einer Industrialisierung und Mechanisierung, die drohe, den Menschen zu versklaven und den Egoismus absolut zu setzen. Der Autor und Zeichner Albert Robida (1848–1926) griff hingegen nur 70 Jahre in die Zukunft. *Le vingtième siècle* (1882) bietet eine dystopische Vision des Lebens in den fünfziger Jahren des 20. Jahrhunderts.

Robida beschreibt, welche Folgen technische Neuerungen haben, nicht wie sie funktionieren. Der Leser erlebt die Zukunft aus der Perspektive der Protagonistin Hélène Colobry, die versucht, nach ihrem beschützten Aufwachsen in einer abgelegenen Schule, ihren Platz in der Gesellschaft zu finden. Die Versuche der nicht übermäßig ambitionierten Hélène, sich in verschiedenen Sphären beruflich zu etablieren, geben Robida Gelegenheit, die neuen Verhältnisse in Politik, im Rechtswesen und der Geschäftswelt ironisch-pessimistisch darzustellen. Wie bei Souvestre spielen auch bei Robida die Illustrationen eine zentrale Rolle. Nahezu alle technischen Neuerungen, die im Text erwähnt werden, sind auch abgebildet; diese visuelle Teilnahme erzeugt einen fast cinematischen Effekt.

Jean-Marie Mathias Philippe Auguste, Comte de Viliers de l'Isle-Adam (1838–1889) eignete sich in *L'Eve future* (1886, dt. erstmals 1909 als *Edisons Weib der Zukunft*, später als *Die künftige Eva*) kühn den »Hexenmeister von Menlo Park« Thomas Alva Edison (1847–1931) für seine Fiktion an. Wie Viliers im Vorwort darlegt, war Edison schon zu Lebzeiten eine Legende geworden und gehöre daher wie Faust zur Welt der Literatur. Viliers brilliert in dieser sonderbaren Geschichte in

Wegbereiter der Science Fiction

Paris ein bisschen anders: Robidas Luftschiffstation auf der Tour Saint-Jacques

dem was H.G. Wells später selbstironisch auf seine eigenen Werke bezogen »scientific platter«, wissenschaftliches Geschwafel, nannte – die meist nur oberflächliche, durch viel (pseudo)wissenschaftliche Rhetorik untermauerte Plausibilität einer Erfindung, die allerdings die Erkundung philosophischer oder sozialer Folgen ermöglicht. In Viliers' Roman erschafft Edison Kopien des menschlichen Körpers, der durch mechanische und nicht durch biologische Mittel verbessert werden soll. Um diese Erfindung baut Viliers eine komplexe Geschichte mit Spekulationen über Leben, Mechanismus und die Natur des Bewusstseins.

Es blieb dem in Brüssel geborenen J.H. Rosny aîné (ein Pseudonym für Joseph-Henri Honoré Boëx, 1856–1940) vorbehalten, das friedliche und ruhige Universum Vernes mit dem grundsätzlich fremdartig Anderen, mit »aliens«, zu bevölkern. In *Les Xipéhuz* (1887, dt. als *Die Xiphéhuz*) beschreibt Rosny aîné kristalline Lebensformen, die von elektromagnetischer Kraft animiert sind und mit für Menschen völlig unverständlichen, von Lichtstrahlen projizierten Symbolen kommunizieren. Rosny aîné brach mit der auf Lukian zurückgehenden allegorischen Tradition, die Merkmale fremdartigen oder außerirdischen Lebens alleine in den Dienst eines utopischen oder satirischen Kommentars zu stellen. *Les Xipéhuz* spielt sich nicht irgendwo weitentfernt im Universum ab, sondern auf der prähistorischen Erde, um den Darwinschen Kampf ums Überleben zwischen Menschen und ihren Rivalen zu illustrieren. Rosny aîné blieb aber nicht erdverbunden: in *La Mort de la Terre* (1910) besiegen mineralische Lebewesen die Menschen. Und nicht alle Kontakte mit fremden Lebensformen enden in der Vernichtung einer Seite. *Les Navigateurs de l'Infini* (1925) beschreibt die Liebesaffäre eines Erdbewohners mit einer sechsäugigen und dreibeinigen Marsianerin.

Themen, Motive und Standards, welche die moderne SF immer noch beherrschen, wurden aber vor allem in Großbritannien etabliert. Das Großbritannien des späten 19. Jahrhunderts bot einzigartige Bedingungen für die Entstehung einer populären wissenschaftlichen Literatur: ein durch Schulreformen hervorgebrachtes großes Lesepublikum, neue Vertriebsformen- und wege für Bücher und Zeitschriften, eine von führenden Wissenschaftlern wie Thomas Henry Huxley oder John Tyndall formulierte Ideologie der Wissenschaft und eine deutliche Mechanisierung und Elektrifizierung der Lebenswelt. Herbert George Wells, der prominenteste Vertreter der bis in die dreißiger Jahre des 20. Jahrhunderts reichenden britischen Tradition der »**scientific romance**«, verkörpert wie kaum ein anderer den Typus des Autors, der von diesem Wandel geschaffen wurde und auf ihn zu reagieren wusste. Wells, der Sohn eines Eisenwarenhändlers, profitierte von der Expansion der Bildungsmöglichkeiten im späten viktorianischen Zeitalter. Von 1884 bis 1887 besuchte er als Stipendiat die von Thomas Henry Huxley gegründete »Normal School of Science« im Londoner Stadtteil Kensington. Dort lernte er die biologischen Lehrsätze des Darwinismus kennen, die in der Zukunft all seine literarischen, wissenschaftlichen, sozialen und politischen Schriften beeinflussen sollten. Wells verließ die Normal School, ohne einen formellen Abschluss gemacht zu haben und widmete sich zunächst dem Journalismus und dem Verfassen von Lehrbüchern der Physiologie und Biologie. Zwischen 1888 und 1895 versuchte er sich allerdings auch schon an verschiedenen Versionen der Geschichte, aus der bald *The Time Machine* werden sollte.

Wells' Ruhm und fortdauernde Bedeutung gründen sich vor allem auf vier seiner frühen Werke, die wissenschaftlichen »romances« *The Time Machine* (1895, dt. 1904 als *Die Zeitmaschine*), *The Island of Dr. Moreau* (1896, dt. 1898 als *Die Insel des Dr. Moreau*), *The War of the Worlds* (1897, dt. 1901 als *Der Krieg der Welten*) und *The First Men on the Moon* (1901, dt. 1905 als *Die ersten Menschen auf dem Mond*). In *The Island of Dr. Moreau* thematisiert Wells die biologische Veränderbarkeit der tierischen und menschlichen Form und die Grenze zwischen Mensch und Tier. Moreau hat sich auf einer Südseeinsel ein evolutionäres Labor geschaffen, in dem er an der experimentellen Verwandlung von Tieren in Menschen arbeitet. Doch dieser Eingriff in evolutionäre Prozesse rächt sich: am Ende wird er durch die wieder verwilderten Tiere umgebracht. Die Gewalt und Unvernunft der menschlichen Protagonisten zeigen, dass Tiere und Menschen sich nicht prinzipiell unterscheiden. *The Time Machine* nimmt hingegen eine lange evolutionäre Perspektive ein und zeigt, wie sich Menschen in zwei Arten aufspalten können. Der Zeitreisende landet im Jahr 802 701 und muss feststellen, dass die Wohlhabenden zu verweichlichten Eloi geworden sind, die von den unterirdisch lebenden Morlocks, den degenerierten Abkömmlingen der arbeitenden Klasse, in der Nacht geraubt und verzehrt werden. Noch fremdere Lebensformen zu gestalten, erlaubte sich Wells in *The War of the Worlds*. Nach gängigen Vorstellungen war der Mars ein älterer Planet als die Erde, und daher sollten Lebensformen dort weiter fortgeschritten sein. Wells' Marsianer können als Fortschreibung des evolutionären Schicksals der Menschheit betrachtet werden. Dies bietet Wells die Möglichkeit, die biologischen Folgen technischen Fortschritts auszumalen: dieser Fortschritt hat den »Kampf ums Überleben« eliminiert (daher werden die Marsianer von Mikroben getötet) und die grundlegenden biologischen Funktionen des Schlafs, der Verdauung und der Sexualität (die Marsianer pflanzen sich ungeschlechtlich fort) auf ein Minimum reduziert. Marsianer besitzen kein individuelles Bewusstsein mehr, sondern bilden eine telepathisch verbundene kollektive Intelligenz; sie sind »eigennützige Intelligenzen ohne das emotionale Substratum menschlicher Wesen«. Ihr kollektives Bewusstsein kann aber das kosmische Schicksal des alten Planeten Mars nicht aufhalten, und daher müssen sie den jüngeren Planeten Erde erobern.

In *The First Men on the Moon* schildert Wells hingegen mit den Seleniten intelligente Lebensformen, die insektenähnlich sind und in einer kollektivistisch organisierten Nestgemeinschaft leben. Ameisen, Bienen und andere soziale Insekten boten schon in der Antike und im Mittelalter ein vielfältige und widersprüchliche Deutungen zulassendes alternatives biologisches Modell des Sozialen und konnten sowohl Vorbild sein als auch Schrecken einjagen. *The First Men on the Moon* und die Geschichte *The Empire of the Ants* thematisieren vor allem das angsteinflößende Fremde der insektenähnlichen Außerirdischen und der Ameisen. Der unter evolutionären Vorzeichen geführte Überlebenskampf zwischen individualistischen Menschen und kollektivistisch organisierten Insekten hat sich als ein dauerhaftes Thema der SF erwiesen, wie unter anderem Robert A. Heinleins kontroverser Roman *Starship Troopers* (1959, dt. als *Sternenkrieger*) und Joe Haldemans *The Forever War* (1974, dt. als *Der ewige Krieg*) belegen. Anders als Verne konnte sich Wells nie mit der bescheidenen und disziplinierten Extrapolation der zeitgenössischen Technologie und Wissenschaft in die nahe Zukunft zufrieden geben. Verne reagierte mit Entsetzen auf Wells' bizarres »Anti-Schwerkraftmetall« aus *The First Men on the Moon*.

Wells verfasste zu Beginn seiner Karriere auch eine Reihe realistischer Romane wie beispielsweise der Fahrradroman *Wheels of Chance* (1906, dt. als *Die Räder des Glücks*) und *Kipps* (1905), welche die Aspirationen und Enttäuschungen der aufstrebenden Mittelklasse ironisch-liebenswürdig behandelten. Mit *Love and Mr. Lewisham* (1900), *Tono-Bungay* (1909) oder *Ann Veronica* (1909) versuchte er sich als ernsthafter Romancier zu etablieren, indem er wesentliche soziale Themen, wie beispielsweise die Rolle der Frau in der Gesellschaft, behandelte. Im neuen Jahrhundert fasste Wells aber auch völlig neue und ehrgeizigere Ziele ins Auge und ließ die spielerische Phantasie seiner frühen wissenschaftlichen »romances« hinter sich. *Anticipations* (1902), ein Buch mit Vorhersagen über den Zustand Englands im Jahr 2000, etablierte ihn als einen Autor von nationaler Bedeutung. Er begann, sich politisch zu engagieren. Zwischen 1903 und 1908 war die moderat-sozialistische »Fabian Society« seine politische Heimat, während des 1. Weltkrieges setzte er sich für die Schaffung eines Völkerbundes ein, und zwischen den beiden Weltkriegen war er Gast bei Stalin und Roosevelt und versucht diese und andere Staatsmänner für seine Pläne zur Rettung der Welt zu gewinnen. Seine beiden utopischen Romane *A Modern Utopia* (1905, dt. als *Jenseits des Sirius*) und *Men Like Gods* (1923, dt. als *Menschen, Göttern gleich*) repräsentieren Wells' Überzeugung, dass hochentwickelte, von einer technokratischen Elite nach sozialistischen Prinzipien geleitete Gesellschaften eine nachhaltige und friedliche Zukunft sichern können. *The Shape of Things to Come* (1933) war Wells' letzter Versuch, seine utopischen Vorstellungen zusammenzufassen. Als *Things to Come* wurde dieses Buch 1936 verfilmt; der Film gilt, obwohl er didaktisch und pompös ist und ein wirtschaftlicher Reinfall war, als einer der wichtigsten SF-Filme der dreißiger Jahre, da er visuell ungewöhnlich ehrgeizig war und diese Ambitionen größtenteils erfüllte. Wells' tatsächlicher politischer Einfluss blieb allerdings immer gering. Anders als seine frühen, inzwischen zu verdienten Klassikern gewordenen »scientific romances«, sind Wells' spätere Anstrengungen weitgehend vergessen.

Für den Zukunftsroman in Deutschland sind zwei Persönlichkeiten von großer Bedeutung: Jules Verne bot mit seinen spannenden Abenteuergeschichten ein narratives Vorbild, und Kurd Laßwitz (1848–1910) stand für den Versuch, theoretische und philosophische Tiefe mit technisch-wissenschaftlicher Imagination zu verbinden. Laßwitz studierte Mathematik und Physik in Breslau und Berlin und wurde Gymnasiallehrer für naturwissenschaftliche Fächer in Gotha. Neben einigen fiktionalen Werken profilierte sich Laßwitz auch als Autor von philosophischen Artikeln und theoretischen Schriften zum wissenschaftlich-prophetischen Zukunftsroman.

Im selben Jahr wie Wells' *War of the Worlds* erschien auch Laßwitz' Marsroman und Hauptwerk *Auf zwei Planeten* (1897). Die drei Teilnehmer einer Ballonexpedition entdecken am Nordpol eine Insel, deren Bewohner sich bald als Marsmenschen erweisen. Die Marsianer

Wegbereiter der Science Fiction

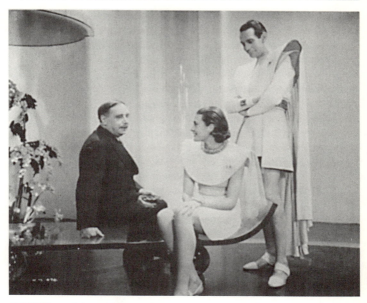

H.G. Wells am Set von *Things to Come*

haben in mehr als 6000 Kilometer Höhe über dem Pol eine ringförmige Raumstation errichtet, die als Weltraumbahnhof für Reisen zwischen den beiden Planeten dient. Es folgt eine komplexe Geschichte, die wie *War of the Worlds* von einem »umgekehrten Kolonialismus« (Franz Rottensteiner) erzählt. Die Laßwitzschen Marsianer hatten ursprünglich geplant, die Erde als Rohstoff- und Energielieferant auszubeuten, aber der verfrühte erste Kontakt mit den Erdenmenschen offenbart einen Konflikt zwischen den instrumentellen Zielen der Marsianer und ihrer fortgeschrittenen Ethik. Sollen die Mars-Bewohner ihre Kultur der primitiven Erde aufzwingen und damit die ihnen heilige Norm der persönlichen Autonomie verletzen? Die Würde der Erdenmenschen lässt es auch nicht zu, sich einfach von höheren Wesen zu einem angeblichen Utopia hinführen zu lassen. Der Widerstand auf der Erde organisiert sich im »Menschenbund«, der eine autonome Entwicklung der Menschheit anstrebt. Die Konflikte führen zu militärischen Auseinandersetzungen zwischen den beiden Planeten und zu Spannungen innerhalb der marsianischen Gesellschaft zwischen Pazifisten und aggressiven Imperialisten. Am Ende gewinnen schließlich die Kräfte der Vernunft, und die Marsianer erkennen an, dass die Erde eine Entwicklung ohne Eingriffe vom Mars verdient. Laßwitz behandelt Raum und Zeit als komplementäre Dimensionen: eine Reise in den Weltraum ist gleichzeitig eine Reise in die Vorzeit (für die Marsianer) oder in die Zukunft (für die Erdenmenschen). Biologischer und kultureller Wandel ist gerichtet; beide führen zu immer größerer Perfektion.

Friedrich Wilhelm Mader (1866–1947) wurde von seinem Verlag als »der deutsche Jules Verne« vermarktet. Sein bekanntestes Werk, *Wunderwelten* (1911), kann aber den Anspruch der Wissenschaftlichkeit kaum erfüllen. Mader schildert die abenteuerliche Reise des Raumschiffes »Sannah« und seiner Besatzung durch das Sonnensystem und schließlich bis ins System Alpha Centauri. Lord Filtmore und seine Begleiter begegnen garstigen Marsegeln, bedrohlichen Lebewesen auf dem Saturn und stoßen schließlich auf einen paradiesischen Planeten im System Alpha Centauri. Wissenschaftliche Plausibilität bleibt dabei in der Regel auf der Strecke und muss dem Abenteuer weichen. Der in Berlin als Lehrer tätige Carl Grunert (1865–1918) war ein großer Bewunderer von Laßwitz und ließ sogar Figuren seines Vorbilds in einer seiner Novellen auftauchen. Grunerts Protagonisten wagen sich nie ins Weltall, sondern die Außerirdischen nehmen telegraphischen Kontakt mit den Erdbewohnern auf oder machen sich selbst auf den Weg. In »Der Marsspion« (1908) versucht ein Marsianer in der Sternwarte von Flagstaff (Arizona) die Entdeckung von Leben auf dem roten Planeten durch Sabotage zu verhindern. Die Erzählung »Mysis« (1908) schildert, wie ein außerirdisches weibliches Wesen einen neuen Empfangsapparat für drahtlose Telegraphie stehlen will, aber dann durch ihre von einem Stromschlag offenbarte marsianische Gestalt überführt wird. Als schwäbischer Lokalpatriot erwies sich Albert Daiber (1857–1928) in seinen beiden Romanen *Die Weltensegler* (1910) und *Vom Mars zur Erde* (1910). *Die Weltensegler* berichtet von sieben Tübinger Professoren, die in einem Zeppelin auf den Mars reisen. Dort finden sie eine ideale Gesellschaft vor, die einen der Professoren, den Theologen Friedolin Frommherz, dazu verführt zurückzubleiben. Auch Daiber nahm sich Laßwitz als Vorbild und gestaltete die vorbildlichen Marsianer als ergebene Anhänger der Ethik Kants. In *Vom Mars zur Erde* erfährt der Leser aus der Perspektive Frommherzens mehr über die ideale Marsgesellschaft und seine nicht erwiderte Liebe zu einer Marsianerin, die ihn nach vierzehn Jahren die Rückkehr zur Erde antreten lässt. Ronald Innerhofer beobachtet, dass bei Daiber die Welt an einer auf dem Mars optimierten schwäbischen Mentalität genesen soll. Nicht die schon zum Zeitpunkt der Veröffentlichung obsolete naturwissenschaftliche und technische Information, sondern diese regionalistischen Details machten den Reiz von Daibers Mars-Büchern aus.

Paul Scheerbart (1863–1915), zu Lebzeiten ein Außenseiter und immer eine singuläre Gestalt geblieben, repräsentiert in der deutschen Tradition den größten Abstand von Jules Verne. Trotz aller großartigen und gesteigerten Technik der bizarren außerirdischen Wesen Scheerbarts, spielt Mystik eine bedeutsame Rolle. So wird in *Lesabéndio* (1913) von den einen Asteroiden bewohnenden Pallasianern ein riesiger Turm gebaut, der die über dem Kleinplaneten schwebende geheimnisvolle »Lichtwolke« erreichen soll. Nach der Fertigstellung des Turms löst sich der heldenhafte Ingenieur Lesabéndio in der Lichtwolke auf und erlangt damit eine höhere Lebensform. Scheerbart war von den Schriften des Physiologen Gustav Theodor Fechner (1801–1887) beeinflusst, der 1825 in seiner *Vergleichenden Anatomie der Engel* und späteren Werken behauptete, die Himmelskörper seien Engel. Je näher ein Himmelskörper der Sonne ist, desto höher steht er in der himmlischen Hierarchie. Die reinsten Wesen sind die Sterne, die mit Licht untereinander kommunizieren. Die Vorliebe Fechners für Lichtsymbolik und das Visuelle spiegelt sich deutlich in Scheerbarts Werk wider. Symptomatisch für Scheerbart ist aber, dass das mystische Ziel nur durch den Einsatz der Technik erreicht werden kann.

»Pulp«-Science Fiction – Die Gernsback-Ära

Die Entwicklung der Science Fiction verlief über einen langen Zeitraum parallel mit der Entwicklung der Zeitschriften. In Großbritannien wurden Romane bis zum Ende des 19. Jahrhunderts vor allem als umfangreiche, dreibändige Ausgaben (»three decker novels«) produziert. Autoren innovativer, meist kürzerer Werke konnten daher erst am Ende des Jahrhunderts den expandierenden Zeitschriftenmarkt nutzen und ihre Erzählungen als Serien veröffentlichen. H. G. Wells publizierte die ersten Versionen seiner wissenschaftlichen »romances« – außer *The Island of Dr. Moreau* – in Zeitschriften wie *The New Review* und *The Strand*. Abenteuer in Verne'scher Tradition bot *Der Luftpirat* (165 Ausgaben zwischen 1908–11). Kapitän Mors bekämpfte mit seinem geheimnisvollen lenkbaren Luftschiff und dem Weltenfahrzeug »Meteor« mit seiner treuen Mannschaft auf der Erde und im Weltraum alle nur denkbaren Bösewichter.

In Skandinavien spielt der schwedische Bergbauingenieur Otto Witt (1875–1923) – der übrigens genau wie Hugo Gernsback seine Ausbildung in Bingen durchlief – eine wichtige Rolle. In der Zeitschrift *Hugin* (82 Ausgaben zwischen 1916–20) veröffentlichte Witt vor allem selbst verfasste Kurzgeschichten und populärwissenschaftliche Artikel. Witt genießt in Schweden immer noch den Ruf, der bedeutendste heimische SF-Pionier zu sein.

Hugo Gernsbacks bahnbrechende Zeitschrift *Amazing Stories* konnte auf eine komplexe US-amerikanische Vorgeschichte zurückblicken.

»Pulp«-Science Fiction – Die Gernsback-Ära

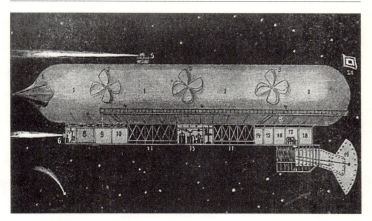

Das Weltenfahrzeug »Meteor« von Kapitän Mors

Die kleinformatigen, 150–200 Seiten umfassenden und an jugendliche Leser gerichteten »dime novels«, wie beispielsweise *Frank Reade Library* oder die *Tom Swift*-Serie, und die am Ende des 19. Jahrhunderts aufblühende Populär- und Amateurwissenschaft beeinflussten die Erwartungen vieler Leser an den Inhalt und Stil des neuen Science-Fiction-Genres. Seine äußere Form lässt sich allerdings auf einen anderen Ursprung zurückführen. Ein Pulp wie *Amazing Stories* war ein später Abkömmling von Titeln wie *Century* oder *McClure's Magazine*, die in den achtziger und neunziger Jahren des 19. Jahrhunderts namhafte Autoren und Illustratoren beschäftigten und auf hochwertigem Papier gedruckt wurden. Die hohen Kosten bedeuteten aber, dass nur zahlungskräftige Leser sich diese Zeitschriften zu leisten vermochten. Verleger suchten daher in den neunziger Jahren nach Wegen, Kosten zu senken und sich somit eine größere Leserschaft zu erschließen. Druckkosten wurden gesenkt, indem auf billiges Papier, »pulp«, gedruckt wurde, und Honorare wurden durch die Beschäftigung noch unbekannter Autoren und Illustratoren eingespart.

Aber auch die Inhalte passten sich den neuen Bedingungen an. 1896 beschritt der New Yorker Verleger Frank Munsey (1854–1925) mit *Argosy* Neuland: zum ersten Mal verzichtete eine US-amerikanische Zeitschrift auf Reportagen und widmete sich einzig und alleine fiktiver Literatur. Diese Strategie zahlte sich aus. Im frühen 20. Jahrhundert expandierte der Markt für die jetzt billigen Pulp-Hefte enorm – Einwanderung, die erfolgreiche Bekämpfung des Analphabetismus und eine funktionierende Post auch in ländlichen Gebieten schufen eine ungeheuer große Zahl von Lesern, die meist einfach nur unterhalten werden wollten. Der umfangreicher gewordene Markt brachte außerdem eine Spezialisierung mit sich. Es lohnte sich, Zeitschriften ausschließlich bestimmten Typen von Geschichten zu widmen, um sich auf diese Weise ein Segment der Leserschaft zu sichern und zu treuen Käufern und Subskribenten zu machen. Munsey veröffentlichte ab 1906 beispielsweise *Railroad Man's Magazine*, und der Verlag Street & Smith folgte mit Titeln wie *Western Story* (1919), *Love Stories* (1921) und den beiden einflussreichen Titeln *Detective Story Magazine* (1915) und *Weird Tales* (1923). Hugo Gernsback fand 1926 mit seinen *Amazing Stories* also einen schon etablierten Markt vor. Er selbst dagegen war keineswegs ein Neuling. Gernsback hatte im vorausgegangenen Jahrzehnt schon viel Erfahrung im Zeitschriftengeschäft gesammelt und Magazine wie *Electrical Experimenter*, *Modern Electrics* – in denen er seine erste technisch-prophetische Geschichte »Ralph 124C 41+« veröffentlichte – und *Science and Invention* (dort erschien im August 1923 eine der »Scientific Fiction« gewidmete Sonderausgabe) herausgegeben.

Wie sahen nun die Geschichten in *Amazing Stories*, die nach Gernsbacks Fortgang unter der Leitung des promovierten Chemikers Thomas O'Conor Sloane den alten Idealen des Gründers folgten, und in *Wonder Stories* aus? Die frühe Pulp-SF der Gernsback-Ära vertraute in ihren Plots auf neue Erfindungen oder auf die Ankunft an einem neuen Ort. Der Ton der Geschichte blieb allerdings meist beschreibend, der Protagonist der Geschichte war oft ebenso fremd in der neuen Umgebung wie der Leser und beschränkte sich meist nur auf die Wiedergabe von Tatsachen im Vorlesungsstil. Den Konsequenzen des »Novums« oder des neuen Ortes wurde in der Regel nie ernsthaft nachgegangen – der Kritiker John Clute beschreibt dieses Phänomen als »Flucht vor der Zukunft«. Nur selten ging es darum, mögliche technische Zukünfte mit all ihren Konsequenzen zu gestalten, sondern vor allem die traditionellen Elemente der Unterhaltungsliteratur – Abenteuer, Geheimnis und Romanze – mit wissenschaftlichem Vokabular und Inhalt zu verbinden.

Gernsback verfolgte ein Ideal, das pädagogische und literarische Werte miteinander verband. Vor allem Jules Verne verwirklichte für ihn das erzieherische Ideal auf vorbildliche Weise. Das neue Material reichte an einen solchen Klassiker jedoch meist nicht heran. Geschichten wie »The Time Eliminator« (Dez. 1926) von Kaw (ein Pseudonym für einen noch immer nicht identifizierten Autor) oder »The Infinite Vision« (Mai 1926) von Charles C. Winn mit seinen »Quecksilberspiegeln« und »Ätherstrahlen« boten Melodrama und Action, betonten wissenschaftliche Erfindungen und hielten oft inne, um meist weitschweifig Erklärungen wissenschaftlicher Konzepte darzubieten. Das erzieherische Ideal wurde jedoch kompromittiert, da die Erklärungen häufig unvollständig waren: wissenschaftliche Einzelheiten waren plötzlich zu langweilig, zu kompliziert für Laien oder ein Geheimnis. Am populärsten erwiesen sich anfänglich jedoch nicht Klassiker wie Verne und Wells oder didaktische Geschichten um plausible neue Erfindungen, sondern Autoren wie Edgar Rice Burroughs und Abraham Merritt, die keine ernst zu nehmenden wissenschaftlichen Konzepte in ihre Geschichten einbezogen. Eine Brücke zwischen Gernsbacks Ideal der didaktischen Geschichte und ausschweifenden Phantasien bildeten Erzählungen, die das gesamte Universum als Bühne des Geschehens in Anspruch nahmen, und deren Wissenschaft alles andere als bescheiden war: neue, exotische

»Pulp«-Science Fiction – Die Gernsback-Ära

Energieformen, gigantische Raumschiffe und gewaltige Waffen dominierten die Handlung. Ein paradigmatisches Beispiel dafür ist E.E. ›Doc‹ Smiths *The Skylark of Space* (dt. als *Die Abenteuer der Skylark*), eine ausgelassene Abenteuergeschichte, die im August, September und Oktober 1928 in drei Teilen in *Amazing Stories* erschien und die SF-Untergattung der Weltraumoper, der »Space Opera« begründete. Smiths Geschichte schildert die interstellaren Reisen des Raumschiffes »Skylark«, das mit Hilfe einer Erfindung des Erfinder-Helden Richard Seaton betrieben wird. Während seiner Arbeit in einem staatlichen Forschungslabor entdeckt Seton das geheimnisvolle Element X, das die atomare Kraft von Kupfer freizusetzen vermag. Mit der Hilfe seines Freundes Martin Crane, Multimillionär, Archäologe, Sportler und begabter Ingenieur, entwickelt Seaton ein Raumschiff, welches die neue Energiequelle nützt. Der Bösewicht Marc C. »Blackie« DuQuesne, ein ehemaliger Kollege Setons und nun bei der prinzipienlosen »World Steel Corporation« beschäftigt, gelingt es, eine kleine Menge Element X von Seaton zu stehlen und damit sein eigenes Raumschiff zu betreiben. DuQuesne entführt Seatons Verlobte und eine andere junge Frau, um von Seaton mehr Information erpressen zu können. Leider beschleunigt DuQuesne aber sein Raumschiff unabsichtlich so weit in den Weltraum, dass er nicht mehr zur Erde zurückkehren kann. Seaton und Crane verfolgen den Bösewicht, retten ihn und die beiden Frauen und schließen einen zeitweiligen Waffenstillstand, der es ihnen erlaubt, eine Reihe von Abenteuern auf fremden Welten zu bestehen. Smith verband in *The Skylark of Space* klassische Elemente einer, um einen Begriff John Clutes zu benutzen, »Edisonade« – einer Geschichte, in der ein einsamer, oft jugendlicher Genius immer genau die Geräte erfindet, die nötig sind, um das Böse zu besiegen oder viel Geld zu verdienen – mit einem Schauplatz kosmischen Ausmaßes und einer sehr starken Betonung der Logik und wissenschaftlichen Methodik bei der Lösung von Problemen. Geschichten, die auf einer Bühne kosmischen Ausmaßes spielten, erschienen auch in anderen Zeitschriften. In *Weird Tales* unterwarf Edmond Hamilton (1904–1977) die Erde Invasionen vom Mond, von subatomaren Welten oder aus anderen Dimensionen. In der Geschichte »Crashing Suns« (*Weird Tales*, Aug.–Sept. 1928) schuf Hamilton die »Solar System Confederation«, die in der fernen Zukunft das Sonnensystem gegen die Invasion aus einem anderen Sternensystem verteidigt. Neben Hamilton versuchten sich auch Autoren wie Homer Eon Flint (1892–1924), Joseph Schlossel (1902–1977) und Ray Cummings (1887–1957) in nicht von Gernsback kontrollierten Zeitschriften an kosmischen Abenteuergeschichten. E.E. Smith fügte in *Skylark* diesem Geschichtentypus aber eine neue wissenschaftliche Dimension hinzu. Die Leser von *Weird Tales* suchten in den Geschichten nach Nervenkitzel, die Leser von *Amazing Stories* darüber hinaus nach großartiger, aber plausibel klingender Wissenschaft.

Nicht alle Geschichten wurden jedoch von dieser »Super-Science« beherrscht. Ein bis in die Gegenwart immer wieder in Anthologien gedruckter Klassiker aus *Wonder Stories* ist Stanley Weinbaums »A Martian Odyssey« (Juli 1934, dt. als »Mars-Odyssee«). Weinbaums Geschichte ist kein literarisches Meisterwerk, sie bricht aber mit stereotypen Traditionen der Darstellung fiktionalen Lebens auf dem Mars. Statt guten oder bösen menschenähnlichen Mars- oder Venusbewohnern à la Edgar Rice Burroughs oder menschenmordenden Ungeheuern à la H. G. Wells entwarf Stanley Weinbaum (1902–1935) mit dem straußähnlichen Wesen namens Tweel einen hochintelligenten und liebenswürdigen Außerirdischen, der dem gestrandeten Protagonisten aus der Not hilft. Mit »Old Faithful« (*Astounding Science-Fiction*, Dezember 1934) setzte Raymond Z. Gallun (1911–1994) diese positive Beschreibung der Marsianer fort.

Manche Autoren unterliefen den technikgläubigen Optimismus Hugo Gernsbacks und versuchten, auch die sozialen Folgen technologischer Neuerungen ins Visier zu nehmen. Der Arzt und Sexualaufklärer David H. Keller (1880–1966) beschrieb in seinen dystopischen

»Pulp«-Science Fiction – Die Gernsback-Ära

Geschichten den Verlust der individuellen Autonomie in von Technologie dominierten Gesellschaften. Kellers »The Revolt of the Pedestrians« (Feb. 1928, dt. als »Die Revolution der Fußgänger«) erzählt, wie die Menschen nach dem langen Gebrauch von Automobilen in einem Prozess der lamarkistischen Evolution schließlich die Funktionsfähigkeit der Beine vollständig verlieren. Nur eine kleine Gruppe verweigert sich und bewegt sich weiter als Fußgänger durch die Welt. Doch sie sind zunehmend Repressionen ausgesetzt, die schließlich in ihrer fast vollständigen Ausrottung enden. Generationen später sind sie nur noch tote Museumsstücke, aber in einer entlegenen Gegend hat sich eine kleine Gruppe unbemerkt am Leben halten können. In ihnen brennt der Hass auf die Automobilisten, und sie planen eine Rückkehr in die Gesellschaft. Keller malte in seiner düsteren Geschichte nicht aus, welche technischen Lösungen eine Gesellschaft nicht gehfähiger Individuen funktionsfähig machen könnten, sondern er verfasste eine sozialkritische Satire. Solche technologiekritischen Geschichten landeten immer häufiger auf dem Schreibtisch Gernsbacks, so dass dieser sich 1931 gezwungen fühlte, einzugreifen. Er entschied, in *Wonder Stories* keine Geschichten mehr zu veröffentlichen, die er als Propaganda gegen Wissenschaft, Technologie und das Maschinenzeitalter betrachtete.

Gernsback hatte allerdings immer weniger Zeit, sich in allen Einzelheiten um die Inhalte all seiner zahlreichen Zeitschriften zu kümmern. Dies gab seinen Mitarbeitern Spielraum, die Ausrichtung der Publikationen zu beeinflussen. David Lasser (1902–1994), ein Ingenieur und Autor technischer Handbücher, war von 1931 bis 1933 als Mitarbeiter Gernsbacks für eine kurze Glanzperiode bei *Wonder Stories* und *Wonder Stories Quarterly* verantwortlich. Im März 1930 war Lasser Mitgründer und erster Präsident der »American Interplanetary Society« (später umbenannt in »American Rocket Society«; siehe **Raketenpioniere und die SF**). 1931 verfasste er mit *The Conquest of Space* das erste englischsprachige Buch über die Möglichkeit und

»Pulp«-Science Fiction – Die Gernsback-Ära

Wünschbarkeit der bemannten Raumfahrt. Lasser spornte seine Autoren an, die Folgen technischer Entwicklungen realistisch auszumalen und auf ausschweifende Epen und Weltraumungeheuer zu verzichten. Die Geschichten behandelten bisher tabuisierte Themen wie Sexualität und Religion, die Persönlichkeiten der Protagonisten wurden wichtiger für die Dynamik der Geschichte, und die Wissenschaft wurde weniger extravagant. Lassers Interesse an den Realitäten der Raumfahrt offenbarte sich in der Veröffentlichung von Geschichten, die die Herausforderungen und Gefahren von Weltraumreisen hervorhoben. So zeigte beispielsweise Laurence Manning (1899–1972) die harsche Realität von Venus- und Marsexpeditionen in seinen beiden Geschichten »The Voyage of the *Asteroid*« (*Wonder Stories Quarterly*, Sommer 1932) und »The Wreck of the *Asteroid*« (*Wonder Stories*, Dez. 1932 – Feb. 1933). Ab 1933 verstärkte Lasser sein gewerkschaftliches Engagement und zog sich aus dem SF-Geschäft zurück. Gernsback ersetzte ihn mit dem 17-jährigen Charles Hornig, der allerdings nie die finanziellen Mittel hatte, *Wonder Stories* inhaltlich weiterzuentwickeln. 1936 verkaufte Gernsback *Wonder Stories*, die als *Thrilling Wonder Stories* bis 1955 überlebten. In den fünfziger Jahren versuchte er sich mit *Science Fiction Plus* zum letzten Mal in diesem Genre – nach nur sieben Ausgaben musste er diese Zeitschrift jedoch einstellen. Mit Titeln aus anderen Bereichen, zum Beispiel mit *Radio-Craft* oder der 1933 gegründeten Zeitschrift *Sexology*, konnte er allerdings dauerhafte geschäftliche Erfolge verbuchen.

Die Bedeutung Hugo Gernsbacks für die SF bleibt umstritten. Kritiker aus Europa beschuldigen ihn oft, die entstehende Gattung der SF vieler ihrer Möglichkeiten beraubt und sie zu einem billigen, US-amerikanischen Massenprodukt degradiert zu haben. Oft ist auch das Urteil zu hören, die frühe und insbesondere die von Gernsback beeinflusste Science Fiction sei mit ihrer Technophilie nichts anderes als eine unkritische Magd des US-amerikanischen Kapitalismus gewesen. Gernsback und der Science Fiction der frühen Pulp-Ära naive Technikgläubigkeit und Vulgarität vorzuwerfen ist jedoch unfair, da der kulturelle Kontext angemessen berücksichtigt werden muss (Andrew Ross). Dieser Vorwurf nimmt deutliche Gestalt an in William Gibsons Erzählung »The Gernsback Continuum« (1986, dt. als »Das Gernsback-Kontinuum«), in der ein Fotograf durch Südkalifornien reist, um die städtebaulichen Überreste der fortschrittsgläubigen zwanziger und dreißiger Jahre zu dokumentieren. Der Protagonist kommt zu dem Schluss, dass es schlimm um die ökologische Gegenwart Südkaliforniens steht, dass aber das Streben nach kalter Perfektion, das sich in den mehrere Jahrzehnten alten baulichen Produkten der technokratischen Zukunftsvisionen ausdrückt, weitaus schlimmer ist.

Gibson kommentiert auf diese Weise auch die Geschichte der SF: in seiner Erzählung konstruiert Gibson einen Gegensatz zwischen dem angeblich naiven Techno-Optimismus der Gernsback'schen Pulp-Ära und der abgeklärten Haltung zur modernen Technologie, die sich im Cyberpunk der achtziger Jahre offenbarte. Eine oberflächliche Lektüre gibt Gibsons Interpretation recht: Der didaktische Ton, zahllose Klischees und der häufig völlige Mangel stilistischer und erzählerischer Qualitäten sowie jegliches Fehlen wissenschafts- und technologiekritischer Perspektiven in der SF der Gernsback-Ära wirken auf viele heutige Leser verstörend. Diese erzählerische Strategie muss aber vor dem kultur- und wirtschaftshistorischen Hintergrund der USA der zwanziger und dreißiger Jahre gesehen werden. Gernsbacks Mission war, seinen meist jugendlichen Lesern eine wissenschaftliche Erziehung zu bieten und eine neue Generation von Technikern und Ingenieuren zu rekrutieren. Diese pragmatische Vorgabe setzte *Amazing Stories* deutlich von anderen Pulps wie *Weird Tales* ab, die rein der Fantasy und dem Horror gewidmet waren und nichts anderes als unterhalten wollten. Der Rekrutierungsauftrag beeinflusste auch die Form der Beiträge in *Amazing Stories*; technische Plausibilität und erzieherisches Ziel sollten durch einen unprätentiösen Stil

»Pulp«-Science Fiction – Die Gernsback-Ära

Das Innere von Frank Lloyd Wrights Johnson's Wax Building (1936) könnte aus Gernsbacks *Amazing Stories* entsprungen sein.

erreicht werden. Ein schwülstiger, ausufernder Stil wie H. P. Lovecraft ihn sich in *Weird Tales* erlaubte, hatte in *Amazing Stories* eigentlich keinen Platz (die Realitäten des Marktes erschwerten die Erfüllung eines solchen Ideals natürlich). Gernsbacks Ideal des individuellen, erfindungsreichen Ingenieurs war im Lande Thomas Alva Edisons und Alexander Bells ein populärer Mythos; allerdings war dieser Mythos weit entfernt von der industriellen Realität der zwanziger und dreißiger Jahre. Wissenschaftler forschten in den Großlabors, und ihre Arbeit war rein instrumentell von Firmeninteressen bestimmt. Das Verhältnis der Pulp-SF zum Kapitalismus ist daher nicht eindeutig. Zum einen sollte *Amazing Stories* als Rekrutierungsmittel für die fortschrittsfördernde Forschung dienen, zum anderen war das Bild des einzelgängerischen, kreativen Erfinders alles andere als zeitgemäß und konnte sogar als eine Kritik an der Instrumentalisierung der Industrieforschung gesehen werden.

»Pulp«-Science Fiction – Die Gernsback-Ära

Trotz Gernsbacks Pionierarbeiten wurde die Zukunft der Science Fiction in den späten dreißiger Jahren nicht von *Amazing Stories* oder *Thrilling Wonder Stories* geschrieben. Unter der Leitung von Thomas O'Conor Sloane dümpelte Gernsbacks ehemaliges Flaggschiff *Amazing Stories* in den dreißiger Jahren zunächst harmlos vor sich hin. Sloane – ein Schwiegersohn von Thomas Alva Edison – war nicht davon überzeugt, dass Menschen jemals den Mount Everest besteigen, geschweige denn den Weltraum erobern werden können. Allerdings gestand er ein, dass in Voraussagen über wissenschaftliche Entwicklungen die Benutzung des Wortes »niemals« gefährlich sei. Sloane gelang es jedoch ab und an, einen kleinen Schatz in seinem Blatt unterzubringen, so beispielsweise 1934 Stanley Weinbaums »A Martian Odyssee«. 1938 übernahm Raymond A. Palmer (1910–1977) bei *Amazing Stories* das Ruder und vermochte mit juvenilen, eskapistischen und unterhaltsamen Geschichten eine neue junge Leserschaft zu erschließen. *Thrilling Wonder Stories* zielte auf eine etwas ältere Lesergruppe. Verantwortlich für das künftige Schicksal der SF war aber eine dritte Zeitschrift: *Astounding Stories* (gegründet 1930 als *Astounding Stories of Super Science*, ab 1938 *Astounding Science-Fiction*).

Anfangs sah es nicht so aus, als würde *Astounding Stories* das Feld der SF neu definieren können. Während Gernsbacks *Amazing Stories* und *Wonder Stories* das Ideal verfolgten, die Leser zu unterhalten und zu erziehen, herrschte in *Astounding* Anfang der dreißiger Jahre dagegen eine unbändige Lust am Abenteuer ohne allzu große Rücksicht auf wissenschaftliche Plausibilität. Im April 1933 wurde *Astounding* an Street & Smith verkauft, ein Unternehmen, das viel Erfahrung mit Pulp-Magazinen hatte und die Erwartungen der Leser gut einschätzen konnte. Der neue Herausgeber F. Orlin Tremaine (1899–1956) vermochte der SF in *Astounding Stories* einen neuen Stempel aufzudrücken. Nicht mehr Helden und ihre Kämpfe mit Ungeheuern und Bösewichten sollten die Zeitschrift dominieren, sondern originelle Geschichten, die eine Art Gedankenexperiment –

»thought variant« in den Worten Tremaines – durchspielen. Einige Höhepunkte aus dieser Zeit sind Murray Leinsters Erzählung »Sidewise in Time« (Juni 1934, dt. als »Quer durch die Zeit«), welche die Idee paralleler Zeitströme einführte, oder Nat Schachners »The Living Equation« (Sept. 1934), in der ein Rechner sein eigenes Universum erschafft. Im Februar 1937 erschien mit »At the Perihelion« in *Astounding* unter dem Pseudonym Robert Willey zum ersten Mal eine Erzählung des deutschen Exilanten Willy Ley (1906–1969), der in den USA gemeinsam mit Isaac Asimov einer der wichtigsten Wissenschaftspopularisierer der Nachkriegszeit wurde. Unter Tremaines Ägide erschienen auch die ersten Geschichten des Patentanwaltes L. Sprague De Camp (1907–2000), einer zentralen Figur des anbrechenden »Goldenen Zeitalters« der SF, und des Briten Eric Frank Russell (1905–1978), der nach dem 2. Weltkrieg zu einem eigenwilligen ironischen Ton fand. 1937 stieg F. Orlin Tremaine zu einer leitenden Position bei Street & Smith auf, und daher musste bei *Astounding* ein Ersatz für ihn gefunden werden. Die Wahl fiel auf John W. Campbell, Jr. (1910–1971) – eine Entscheidung mit enormen Konsequenzen für die Entwicklung der SF.

Vom »Goldenen Zeitalter« zur Respektabilität und Stagnation

John W. Campbell Jr., der 1932 ein Physikstudium an der angesehenen Duke University abschloss, war seit seiner Jugend ein begeisterter Leser der SF-Pulp-Magazine. Er beließ es jedoch nicht lange nur bei der Lektüre: 1930 erschien seine erste eigene Geschichte, »When the Atoms Failed«, in *Amazing Stories*. Campbell entwickelte sich innerhalb kürzester Zeit zum wichtigsten Rivalen E. E. Smiths bei der Ausgestaltung von galaktischen Epen und Weltraumopern. Unter dem Pseudonym Don A. Stuart schrieb Campbell dann eine Reihe von klassischen Geschichten, die nicht mehr auf »Super-Science«

und Heldentum zurückgriffen. In »Twilight« (*Astounding Stories*, Nov. 1934, dt. als »Dämmerung«) schildert er eine Erde in der fernen Zukunft, in der Maschinen alles am Laufen halten, Menschen aber völlig vergessen haben, wie diese Maschinen funktionieren oder wie sie repariert werden können. Die Geschichte »Night« (*Astounding Stories*, Okt. 1935) geht noch einen Schritt weiter und zeigt, wie Maschinen ihre menschlichen Schöpfer bis zum Kältetod des Sonnensystems überleben. In »Who Goes There« (*Astounding Science-Fiction*, Aug. 1938, dt. als »Das Ding aus einer anderen Welt«) wird ein Team von Wissenschaftlern in der Antarktis mit einem Außerirdischen konfrontiert, der das Aussehen der von ihm Getöteten annimmt.

Campbell hatte als Herausgeber klare Vorstellungen davon, was Science Fiction sein sollte. Sein Ideal unterschied sich auf den ersten Blick nicht allzu sehr von den Vorstellungen Gernsbacks: Wie dieser betonte auch Campbell Unterhaltung, Vorhersage technischer und wissenschaftlicher Entwicklungen und Erziehung der Leser. Die Geschichten sollten jedoch nicht zu Vorlesungen verkommen, sondern der wissenschaftliche Hintergrund sollte nahtlos in das Geschehen eingewoben sein. Die Geschichten sollten sich allerdings nicht nur mit Naturwissenschaften wie Physik, Biologie und Ingenieurwissenschaften beschäftigen, sondern auch Soziologie, Psychologie und Politik berücksichtigen. Campbell behauptete, SF sei Geschichte, die nur noch nicht geschehen sei. Die Gesellschaften und Kulturen der Zukunft wurden ein zentrales Thema der Science Fiction. Ab März 1938 erschien die Zeitschrift unter dem Titel *Astounding Science-Fiction*.

Auch die Geburt des so genannten »Goldenen Zeitalters« der Science Fiction lässt sich zeitlich gut eingrenzen: In der Juli-Ausgabe des Jahres 1939 von *Astounding Science-Fiction* traten in dieser Zeitschrift zum ersten Mal A.E. van Vogt (1912–2000) und Isaac Asimov (1920–1992) auf. Im August folgte dann Robert A. Heinlein, im September Theodore Sturgeon (1918–1985), und im Oktober erschien der erste Teil von E.E. ›Doc‹ Smiths »Grey Lensman«-Serie, dem Inbegriff

Vom »Goldenen Zeitalter« zur Respektabilität und Stagnation

der **klassischen Weltraumoper**. Die vier erstgenannten Autoren fassen die Gesamtheit von Campbells widersprüchlichem Erbe beispielhaft zusammen: die Verherrlichung des schweigsamen Ingenieurs (Heinlein), die Überzeugung, dass auch soziale Phänomene naturwissenschaftlich erfassbar und planbar sind (Asimov), literarisch anspruchsvolle SF (Sturgeon) und auch die Sehnsucht nach Übermenschen mit übersinnlichen Fähigkeiten (van Vogt).

Die SF des »Goldenen Zeitalters« wurde, wie schon erwähnt, durch die Einbeziehung der Geisteswissenschaften charakterisiert. Campbells Beharren, dass auch soziale, politische und psychologische Phänome Platz in der SF finden sollten, beruhte allerdings nicht auf Respekt und Toleranz für diese Wissenschaften mit ihren eigenen Methoden und Errungenschaften, sondern auf einem Fundament technokratischer Ideologie. Zum einen seien soziale Entwicklungen vor allem Folge technologischer Innovationen (technologischer Determinismus), zum anderen seien auch die Geisteswissenschaften letztendlich einer naturwissenschaftlichen Methodik zugänglich. Ideologische Weggefährten fand Campbell in der so genannten Technokratie-Bewegung, die in der Wirtschaftskrise der dreißiger Jahre einen Aufschwung erlebte. Die Technokraten setzten sich für eine wissenschaftlich-rationale Steuerung der wirtschaftlichen und sozialen »Maschine« ein, deren Kontrolle damit den egoistischen, für die Wirtschaftskrise verantwortlich gemachten Großindustriellen entzogen werden sollte. Eine neue Führungsrolle sollte einem Korps von »rationalen« Wissenschaftlern und Ingenieuren zukommen. Deren Handeln sei nur von politisch neutralen wissenschaftlichen Tatsachen abhängig und damit den ideologisch verunreinigten Alternativen – Kapitalismus, Faschismus oder Kommunismus – weit überlegen. Nicht alle Vertreter der Technokratie-Bewegung waren radikal antidemokratisch gesinnt, aber ein Misstrauen gegenüber Parteien und den Kompromissen der politischen Praxis war weit verbreitet. Diese Bewegung fand Sympathien in der SF-Gemeinschaft. Hugo Gernsback gab kurzzeitig den *Technocracy Review* heraus, doch Campbell repräsentiert diese Verbindungen und Sympathien auf exemplarische Weise. Er zog eine Generation von Autoren heran, in deren Geschichten technokratische Lösungen im Mittelpunkt stehen, die keine Rücksicht auf politische oder humanitäre Bedenken nehmen und so das Überleben der Protagonisten oder gar der Menschheit sichern. Bei der Umsetzung seiner Ideen konnte Campbell auf eine Reihe von ihm geförderter und für die Zukunft der Science Fiction wichtiger Autoren vertrauen; besondere Bedeutung kann unter ihnen Robert A. Heinlein beanspruchen. Zwischen August 1938 und Oktober 1942 veröffentlichte Heinlein 24 seiner 28 Geschichten in *Astounding*; 1942 begann er zusammen mit Isaac Asimov und L. Sprague de Camp in einer Forschungsanstalt der Marine an einem Druckanzug für Piloten zu arbeiten und setzte erst nach dem Krieg seine Autorenkarriere fort. In Geschichten wie »Blow Ups Happen« (Sept. 1940) oder »The Roads Must Roll« (Juni 1940, dt. als »Die Straßen müssen rollen«) zelebrierte Heinlein die würdevolle Arbeit des unter hohem Druck stehenden Ingenieurs. Der heldenhafte Wissenschaftler repräsentiert in diesen Geschichten den Gegenpol zur korrupten Geschäftswelt. Besondere Meisterschaft erreichte Heinlein bei der Umsetzung von Campbells Ziel, die Welt der Zukunft nicht nur technologisch, sondern auch sozial und kulturell kohärent erscheinen zu lassen. In *Beyond this Horizon* (April–Mai 1942, 1948 als Buch, ein so genannter »fix-up«, dt. als *Utopia 2300*) zeigt sich Heinleins Talent, Zukunftsszenarien überzeugend zu schildern. Kaum je bietet er Erklärungen für ein *novum* an: Türen öffnen sich auf ungewöhnliche Weise (»the door dilated«), männliche Manager vergleichen vor einem Treffen die neuen Farbpaletten ihrer Fingernägel, es gibt Wasserbetten, serielle Monogamie ist üblich, und Nachwuchs wird unter staatlicher Aufsicht genetisch geplant.

Beispielhaft für Campbells Überzeugung, dass auch die menschliche Psyche unabänderlichen Gesetzen unterworfen sei, ist Isaac Asimovs »Foundation« (Mai 1942), eine Erzählung, in die Campbell stark eingriff und damit seinen Einfluss spürbar machte. In »Foundation« wird jede menschliche Handlung durch die wissenschaftlich rigorose »Psychohistorik« – von Hari Seldon aufgestellt und nur einem kleinen Kreis von Eingeweihten bekannt – vorhergesehen. Die zukünftige Geschichte der Menschheit ist demnach planbar, und mit dem Aufstieg und Fall von Imperien folgt sie einem etablierten Muster – hier zeigt sich deutlich der Einfluss von Oswald Spenglers und Arnold Toynbees Theorien zyklischer Geschichte. Hari Seldon repräsentiert einen elitären Psycho-Technokraten, der mit seinem überlegenen Wissen über der kleinlichen Alltagspolitik steht.

Eine solche überlegene, im Verborgenen aktive Elite ist ein wiederkehrendes Thema in der von Campbell beeinflussten SF. Der aus Kanada stammende A. E. van Vogt behandelte dieses Motiv in der Serie »Slan« (Sept.–Dez. 1940; als Roman 1951 in der Sammlung *Triad*, dt. als *Slan*), in der der Junge Jommy von einem Verfolgten zum Führer der Welt wird. Jommy ist ein »Slan«, eine Mutation, die mit außerordentlichen telepathischen Fähigkeiten ausgestattet ist. Normalsterbliche müssen sich schließlich ihrem Schicksal fügen und sich von der neuen biologischen Elite führen lassen (»Fans are Slans« wurde zu einem beliebten Slogan der SF-Fangemeinschaft). Van Vogts »The World of Null-A« (Aug.–Okt. 1945, als Buch 1946, dt. als *Welt der Null-A*) basiert auf der »Allgemeinen Semantik« des aus Polen stammenden Gelehrten Alfred Korzybski (1879–1950). In seinem Werk *Science and Sanity* (1933) behauptete Korzybski, sehr vereinfachend ausgedrückt, dass jeder ein höheres geistiges Niveau erreichen kann, wenn er nur logisch denken und Sprache richtig anwenden lernt. Korzybski propagierte eine nicht-aristotelische Form der Logik (Null-A oder $\bar{A}$), deren Anwendung Individuen enorme geistige Leistungsfähigkeit versprach. Der Geist des Helden von van Vogts »World of Null-A«, Gosseyn (»go sane«, »werde vernünftig«), ist dermaßen einheitlich und logisch, dass er als ein neuer »Übermensch«

beschrieben werden kann. In diesen Werken van Vogts verbindet sich das Ingenieur-Ideal der amerikanischen SF mit dem evolutionären Ideal der britischen »scientific romance«: Technischer und sozialer Fortschritt wird durch evolutionäre Mechanismen oder aktive Manipulation des menschlichen Geistes garantiert. Dieses Programm kulminierte schließlich bei L. Ron Hubbard (1911–1986), einem Zögling Campbells, in der berüchtigten »Church of Scientology«. (siehe auch **Okkultismus, Scheinwissenschaft und Science Fiction**)

Wie Gernsback hat auch Campbell ein zwiespältiges und umstrittenes Erbe hinterlassen. Er entwickelte sich zum Fürsprecher bizarrer Ideen wie Hubbards Dianetik und fiel in den fünfziger Jahren durch immer offener rechtslastige, ideologisch verbissene und langatmige Vorworte in *Astounding* (das er 1960 in *Analog* umbenannte) auf. Die besten der von ihm geförderten Autoren – unter ihnen Robert A. Heinlein und Theodore Sturgeon – waren unabhängige Geister, die sich nie Campbells Richtlinien unterordnen mussten und die SF in neue Richtungen weiterentwickelten. Campbell wiederum nahm zwischen 1945–1949 eine erstaunlich kritische Haltung zum amerikanischen Nuklearprogramm ein. Er kritisierte zum Beispiel den Beschluss Präsident Trumans, das Nuklearprogramm der Kontrolle des Militärs und nicht der Wissenschaft zu unterstellen. Die Geheimniskrämerei des Pentagon sei zwecklos; die Natur kenne, so Campbell, keine Geheimnisse. Es sei nur eine Frage der Zeit, bis andere Nationen ebenfalls lernen würden, Atomwaffen zu bauen. Nach dem ersten sowjetischen Atomwaffentest im Jahr 1949 betonte Campbell die psychologischen Herausforderungen der neuen Situation: Ein Krieg der mit Druckknöpfen in unterirdischen Bunkern geführt werde, mache eine neue und robuste Psychologie der Entscheidungsträger notwendig. In *Astounding* spiegelten sich diese neuen Sorgen des Atomzeitalters wider. Im Mai 1945 erschien Murray Leinsters »First Contact« (dt. als »Erste Begegnung«). Leinster schildert die erste Begegnung von Menschen und Außerirdischen im Weltall und

Vom »Goldenen Zeitalter« zur Respektabilität und Stagnation

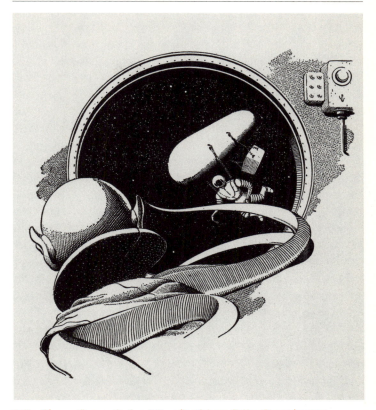

Spitze Ohren müssen sein. Aus *Astounding Science-Fiction*, Dezember 1951

die Versuche, einen gewaltsamen Konflikt zu vermeiden. Theodore Sturgeons »Thunder and Roses« (Nov. 1947, dt. als »Donner und Rosen«) erzählt, wie eine Sängerin, die nach einem nuklearen Schlagabtausch Truppen auf einer Militärbasis besucht, die Startmechanismen für die Atomraketen sabotiert, um einen Vergeltungsschlag zu verhindern und somit den letzten 900 Amerikanern eine zumindest kleine Überlebenschance zu gewähren.

Vom »Goldenen Zeitalter« zur Respektabilität und Stagnation

Die Science Fiction der vierziger und fünfziger Jahre lässt sich natürlich nicht auf das Wirken Campbells reduzieren. Neben Campbells technokratischer SF etablierte sich ein satirischer und sozialkritischer Zweig. Die Wurzeln dieser Richtung sind in einer kleinen Fangemeinschaft aus den dreißiger Jahren, den linksgerichteten New Yorker »Futurians« mit u.a. Frederik Pohl (geb. 1919), Cyril Kornbluth (1921–1958), Isaac Asimov, Donald Wollheim (1914–1990), James Blish (1921–1975), Damon Knight (1922–2002) und Robert A.W. Lowndes (1916–1998) zu finden. Eine besondere Bedeutung erlangte diese politische SF in den frühen fünfziger Jahren, als Senator McCarthys Jagd auf linke, subversive Elemente ihren Höhepunkt erlebte und die amerikanische Kultur in bedrückender Konformität und Paranoia zu ersticken drohte. So ist beispielsweise James Blishs *They Shall Have Stars* (1956, dt. als *Griff nach den Sternen*) ein offener Angriff auf McCarthys Senatskomitee. Ein Meisterwerk der politisch-satirischen Tradition ist Frederik Pohls und Cyril Kornbluths *The Space Merchants* (1953, als »Gravy Train« in *Galaxy*, Juni–Aug. 1952, dt. vollständig 1961 als *Eine Handvoll Venus und ehrbare Kaufleute*). Pohl und Kornbluth beschreiben eine Zukunft, in der Werbeagenturen die Welt in Feudalreiche aufgeteilt haben und eine reine, politikfreie Konsumgesellschaft herrscht. *Immortality Inc.* (1958, dt. als *Lebensgeister GmbH*) von Robert Sheckley (geb. 1928) steigert Pohl und Kornbluths Kritik, indem der Himmel für die Konsumgesellschaft geöffnet wird: als teures Luxus-Resort, aus dem die finanziell Benachteiligten ausgeschlossen bleiben und sich mit der Existenz als Geister bescheiden müssen. Maßvoller in Ton und Stil als Sheckley, aber nicht weniger wirkungsvoll in seiner dunklen Komik, ist William Tenn (geb. 1920, Pseudonym für Philip Klass). Tenns »Down Among the Dead Men« (Juni 1954, dt. als »Drunten bei den Toten«) schildert einen interstellaren Krieg, der mit aus menschlichen Leichenteilen zusammengebauten Androiden geführt wird. Diese satirische Spielart der amerikanischen Pulp-SF brachte dem Genre eine erste wichtige Anerkennung eines Vertre-

Die erste Begegnung der Raumschiffe von Menschen und Außerirdischen auf dem Titelblatt von *Astounding*.

ters der »Hochkultur«. 1959 hielt der britische Schriftsteller Kingsley Amis (1922–1995) eine Reihe von Vorlesungen an der Princeton University, die ein Jahr später als *New Maps of Hell* in Buchform erschienen. Amis gestand der satirischen SF den gleichen gegenkulturellen und subversiven Status wie dem Jazz zu, der die Nachkriegskultur vieler europäischer Länder provozierte.

Die politische und thematische Diversifizierung der SF war nur möglich, weil sich der Buch- und Zeitschriftenmarkt verändert hatte. In den fünfziger Jahren erlebte die Science Fiction in den USA einen wirklichen Boom. Bisher war das Genre fast ausschließlich auf die Pulps beschränkt gewesen. Es existierten einige Kleinverlage wie beispielsweise die Gnome Press, Prime Press und Arkham House, die gebundene Ausgaben von zuvor in den Pulps erschienenen Geschichten herausgaben. Wollheims schon erwähntes *The Pocket Book of Science-Fiction* und zwei weitere Anthologien, *Adventures in Space and Time* und *The Best of Science Fiction* (beide 1946), bildeten den Anfangspunkt einer kleinen Welle von Sammelbänden. Am Ende der vierziger Jahre begannen jedoch einige angesehene Großverlage, so beispielsweise Simon & Schuster, gebundene Originalausgaben von SF herauszugeben. *Rocketship Galileo* (1947, dt. als *Endstation Mond*) leitete eine Reihe von Jugendromanen von Robert A. Heinlein ein, die bis 1959 bei Scribner's erschienen. Die SF-Jugendromane Andre Nortons (1912–2005, Pseudonym für Alice Norton) erschienen ab 1952 bei Harcourt Brace. Taschenbücher erreichten wiederum eine weit größere Leserzahl. Donald Wollheim wurde Lektor bei Ace Books und war verantwortlich für die ersten Buchveröffentlichungen von Samuel R. Delany (geb. 1942), Philip K. Dick (1928–1982) und Ursula K. Le Guin (geb. 1929).

Am Ende der vierziger Jahre mußte Campbells *Astounding* wieder verstärkte Konkurrenz auf dem Zeitschriftenmarkt erleben. *The Magazine of Fantasy and Science Fiction* (begr. 1949, *Science Fiction* wurde 1950 dem Titel hinzugefügt, abgekürzt als *F&SF*) konnte sich schnell einen Ruf für literarische Qualität und Experimentierfreude erwerben. Die Herausgeber Anthony Boucher (1911–1968) und J. Francis McComas (1911–1978) gestanden Autoren dort weit mehr Freiheit zu, als ihnen in Campbells *Astounding* eingeräumt wurde, und Leser konnten sogar Raymond Chandler, Robert Graves oder André Maurois begegnen. Der Herausgeber von *Galaxy*, Horace L. Gold (1914–1996), hatte eine Vorliebe für satirische SF, die moralische und soziale Konventionen hinterfragte. In *Galaxy* erschienen Klassiker wie Isaac Asimovs *The Caves of Steel* (Okt.–Dez. 1953, als Buch 1954, dt. als *Die Stahlhöhlen*), Pohl und Kornbluths *The Space Merchants*, Alfred Besters *The Demolished Man* (Jan.–März 1952, als Buch 1953, dt. als *Sturm aufs Universum* bzw. *Demolition*) und *The Stars My Destination* (Okt. 1956–Jan. 1957, als Buch 1957, dt. als *Tiger! Tiger!* bzw. *Der brennende Mann*), und Ray Bradburys »The Fireman« (Feb. 1951), das später unter dem Titel *Fahrenheit 451* (1953) berühmt wurde. Mehr als 30 neue Zeitschriften versuchten, sich zwischen 1950 und 1953 auf dem amerikanischen Markt zu etablieren. Nur sechs von ihnen überdauerten bis in die sechziger Jahre – *Astounding / Analog*, *Amazing Stories*, *F&SF*, *Galaxy*, *Fantastic* und *If*. Viele Autoren, die die Science Fiction der nächsten Jahrzehnte dominieren sollten, konnten als Neulinge von diesem Boom profitieren: 1950 debütierten Richard Matheson (geb. 1926), Cordwainer Smith (Pseudonym für den Politikwissenschaftler Paul Linebarger, 1913–1966), 1951 John Brunner (1934–1995), Harry Harrison (geb. 1925) und Walter M. Miller (1923–1996), 1952 Algis Budrys (geb. 1931), Philip José Farmer (geb. 1918), Philip K. Dick, Robert Sheckley (geb. 1928) und Frank Herbert (1920–1986), 1953 Brian Aldiss (geb. 1925), Kurt Vonnegut (geb. 1922) und Marion Zimmer Bradley (1930–1999), 1955 Robert Silverberg (geb. 1935) und 1956 J. G. Ballard (geb. 1930) und Harlan Ellison (geb. 1934).

In Großbritannien blieb die Tradition der »scientific romance« mit ihren meist ernsten Themen noch bis Ende des Krieges prägend. Die Tendenz der dreißiger Jahre kommt gut in Aldous Huxleys Dystopie *Brave New World* (1932, dt. als *Schöne neue Welt*) mit ihrem elitistischen und kritischen Ton den USA gegenüber zum Ausdruck. Die Pulp-Tradition machte sich aber auch bemerkbar: 1937 erschien das erste britische SF-Magazin, *Tales of Wonder*, das vor allem Geschichten aus den amerikanischen Pulps nachdruckte, und seit 1946 *New Worlds*, das später zum Bannerträger der »New Wave« werden sollte. Viele britische Autoren nutzten den amerikanischen Markt direkt und kehrten über englische Ausgaben von *Astounding*, *F&SF* und *Galaxy* in die Heimat zurück. Eric Frank Russell passte sich so gut dem erzählerischen Ton in *Astounding* an, dass er oft amerikanischer als die amerikanischen Autoren klang. Besonders hervorzuheben ist seine Geschichte »Jay Score« (Mai 1941), die einige Monate vor Isaac Asimovs viel bekannteren Roboter-Geschichten veröffentlicht wurden. John Benyon Harris (1903–1969) veröffentlichte in den dreißiger Jahren eine Reihe von Geschichten in amerikanischen Pulps, in der Nachkriegszeit schrieb er aber unter dem Pseudonym John Wyndham einige Romane, die in der Tradition von Wells die britische Vorliebe für Weltuntergangs- und Katastrophenszenarien pflegten. Seine Werke *The Day of the Triffids* (1951, dt. als *Die Triffids*), *The Kraken Awakes* (1953, dt. als *Kolonie im Meer*) oder *The Chrysalids* (1955, dt. als *Wem gehört die Erde?*) haben den Kampf des Menschen gegen überlegene Wesen zum Thema. Was bei Wyndham als Allegorie auf den Kalten Krieg und vor allem auf den Niedergang des britischen Imperiums gelesen werden kann, steht bei Arthur C. Clarke (geb. 1916) für die Hoffnung, dass die Menschheit irgendwann die kleinlichen, mit Nationalstaatlichkeit und Demokratie verbundenen Sorgen hinter sich lassen wird und eine Erfüllung ihres Schicksals im Universum findet. In *The City and the Stars* (1956, zusammengestellt aus zwei früheren Erzählungen, dt. als *Die sieben Sonnen*) beschreibt Clarke Gesellschaften, die sich durch interstellare Raumfahrt aus der Stagnation befreien. In *Childhood's End* (1953, dt. als *Die letzte Generation*) erklimmt die Menschheit eine neue Stufe der evolutionären Stufenleiter, indem

Kinder anfangen, telepathische Fähigkeiten zu manifestieren. Die extraterrestrischen »Overlords« übernehmen die Kontrolle und sorgen dafür, dass der Übergang der Menschheit in die galaktische Einheit der »Overmind« reibungslos geschieht. Ebenso wie Campbell verbindet Clarke technokratische und technische Prophezeiungen mit metaphysischer Spekulation. Den deutlichsten Gegenpol zu Clarke und zur amerikanischen SF bildet C.S. Lewis (1889–1963). Der in Oxford lehrende Literaturwissenschaftler Lewis entwirft in der Trilogie *Out of the Silent Planet* (1938, dt. als *Jenseits des schweigenden Sterns*), *Perelandra* (1943, dt. als *Perelandra*) und *That Hideous Strength* (1945, dt. als *Die böse Macht*) einen zutiefst religiös und konservativ gestalteten Kosmos. Wissenschaft und Technologie stehen bei Lewis für den Versuch, die Traditionen eines idealisierten Englands zu zerstören und die »Herrschaft der Maschinen« einzuläuten – es handelt sich dabei um eine grundsätzliche Kritik der säkularen Moderne, ob kapitalistisch, kommunistisch oder faschistisch. Ähnliche Befürchtungen stehen auch hinter der Trilogie *The Lord of the Rings* (1954–55, dt. als *Der Herr der Ringe*) von J.R.R. Tolkien, ein Freund und Kollege von Lewis in Oxford.

Der 2. Weltkrieg hatte zur Folge, dass einheimische SF-Traditionen in Europa in der Regel nur geringe Chancen hatten, sich zu entfalten. Nach Ende des Krieges existierte ein Vakuum, das meist nur durch die Übersetzung amerikanischer SF gefüllt werden konnte. In Frankreich wurde 1939 die Zeitschrift *Conquêtes* gegründet, die aber nach nur zwei Ausgaben das Erscheinen einstellen musste. Eine Ausnahme war das im neutralen Schweden veröffentlichte *Jules Verne magasinet*, das es von 1940–47 auf 331 Ausgaben brachte. Dort erschienen vor allem US-amerikanische und britische SF, aber auch *Batman*- und *Superman*-Comics. Die Renaissance der SF im Frankreich der fünfziger Jahre war vor allem Boris Vian (1920–1959) zu verdanken. Vian war ein Fan US-amerikanischer Filme und Musik und hatte für die Verne'sche Tradition wenig übrig. 1953 kamen zwei Zeitschriften,

Galaxie und *Fiction* auf den Markt, denen es gelang, eine Balance zwischen angloamerikanischer und einheimischer SF zu finden. Mit »Le Rayon Fantastique« (1951–1964) und »Présence du Futur« (seit 1954) etablierten sich zwei Buchreihen, die sowohl Übersetzungen amerikanischer Werke brachten als auch einheimische Autoren wie Stefan Wul (1922–2003) lancierten; die Reihe »Anticipations« im Verlag Fleuve Noir spezialisierte sich auf Weltraumopern. Die französische SF der fünfziger Jahre war in der Regel pessimistisch, und Geschichten handelten häufig vom selbstverschuldeten Ende der Menschheit. In *Surface de la planète* (1959) gibt Daniel Drode (geb. 1932) einem repressiven technokratischen System die Schuld an einer Katastrophe globalen Ausmaßes. Stefan Wuls *Niourk* (1957) beschreibt eine Menschheit, die nach einem Nuklearkrieg in eine Stammesgesellschaft zurückgefallen ist.

In den westlichen besetzten Gebieten Deutschlands schrieben eine Reihe etablierter Autoren Romane, die SF-Motive übernahmen, um über Vergangenheit, Gegenwart und Zukunft Deutschlands Urteil zu sprechen. Beispiele dafür sind *Die Eroberung der Welt* (1943/49) von Oskar Maria Graf (1894–1967) und der *Stern der Ungeborenen* (1946) von Franz Werfel (1890–1945). In der neuen Bundesrepublik beschritt dann, wie schon erwähnt, der Düsseldorfer Karl Rauch Verlag mit seinen aus dem Amerikanischen übersetzten »Weltraumbüchern« Neuland. Das *Utopia-Magazin* (26 Ausgaben) und die *Utopia-Großbände* (1954–63), sowie das *Galaxis-Magazin* (15 Ausgaben) und *Terra* brachten vor allem Übersetzungen aus dem Amerikanischen, aber auch einheimische Produktionen wie beispielsweise die Romane von Clark Darlton, ein Pseudonym für Walter Ernsting (1920–2005). Ernsting war auch Mitinitiator einer einzigartigen deutschen SF-Erfolgsgeschichte, die 1961 begann und ohne absehbares Ende weitergeht: *Perry Rhodan*.

Die Tradition sozialer und technischer spekulativer Fiktion in Russland und der Sowjetunion wurde vor allem durch den Stalinismus

Vom »Goldenen Zeitalter« zur Respektabilität und Stagnation

unterbrochen. Das satirische Drama *Die Wanze* (1929) von Wladimir Majakowski (1893–1930) und *Wir* (1924) von Jewgenij Samjatin (1884–1937) sind zwei Klassiker der russischen dystopischen Tradition. Die zwanziger Jahre brachten auch, was man als klassische SF betrachten kann: Romane und Erzählungen über Raumfahrt und futuristische Detektivgeschichten. Solche Literatur war ungemein populär; Darko Suvin zählt 155 derartige Geschichten zwischen 1920 und 1927. Zwischen 1930 und 1957 herrschte dagegen eine strenge Anwendung des »Utopie-Verbotes«. Nur vereinzelt erschienen SF-Abenteuerromane, die weit weniger extravagant waren als die westlichen Weltraumopern. Erst 1956 lockerte die Kommunistische Partei ihre Kontrolle der Literaturproduktion; die SF erhielt dann noch zusätzlichen Auftrieb durch den Erfolg des Sputnik-Satelliten. Iwan Jefremow (1907–1972) führte mit seinem utopischen Roman *Der Andromeda-Nebel* (1957) die sowjetische Renaissance der SF an. Jefremows Roman kommentiert direkt Murray Leinsters Erzählung »First Contact« (1945): während Leinsters Geschichte das Problem behandelt, wie gegenseitiges Misstrauen überwunden werden kann, schildert Jefremow nur, welche Probleme auftauchen, wenn Menschen und Außerirdische versuchen zu kooperieren – Jefremow geht davon aus, dass Wesen, die die Raumfahrt beherrschen und das All erforschen können, keine Verwendung für Gewalt und Krieg mehr haben. Diese Geschichte Jefremows dient dem klaren Zweck, die Überlegenheit einer nach kommunistischen Prinzipien gestalteten Zukunft zu illustrieren. In der DDR verlief die Entwicklung ähnlich; Science Fiction galt als eskapistische »Schundliteratur«. Die wenigen Titel, die in den fünfziger Jahren veröffentlicht wurden, hatten jedoch formal viel gemeinsam mit westdeutschen Werken, da die gemeinsamen Bezugspersonen und Vorbilder, trotz aller ideologischen Gegensätze, Kurd Laßwitz und der von den Nationalsozialisten geschätzte Hans Dominik (1872–1945) waren. Inhaltlich fungierte der ideologisch suspekte Dominik jedoch als Gegenpol. Akzeptiert waren in der frühen DDR

»utopische Produktions- und Aufbauromane« wie Heinz Viewegs *Ultrasymet bleibt geheim* (1955) und *Feuer im Labor I* (1956) oder Eberhardt del Antonios *Gigantum* (1957). Nach dem Tauwetter in der Sowjetunion folgten viele ostdeutsche Autoren Jefremows Vorbild und entfernten sich räumlich und zeitlich mehr und mehr von den alltäglichen Problemen der DDR. Typisch für die Weltraum-Euphorie nach dem Start von Sputnik war Horst Müllers *Signale vom Mond* (1960).

Am Ende der fünfziger Jahre befand sich die SF in den USA und anderen Ländern des Westens in einer zwiespältigen Situation. Zum einen bedeuteten die große Zahl von Zeitschriften und das steigende Interesse von Taschenbuchverlagen, dass große Mengen rein konventioneller Ware produziert wurden. In den vorhergegangenen zwei Jahrzehnten hatte die SF einen Konsens, einen eigenen Kosmos entwickelt, der nun ausgeschlachtet werden konnte und unkomplizierte Unterhaltung versprach. In diesem Universum konnten sich die Leser heimisch fühlen (seit 1954 werden jährlich auf einer »World Convention« der SF-Leser die besten Werke des Jahres mit den nach Hugo Gernsback benannten »Hugo Awards« ausgezeichnet). Zum anderen hatte sich mit Philip K. Dick, Alfred Bester, J.G. Ballard und anderen allmählich eine provokative und literarisch anspruchsvolle SF begonnen herauszubilden, die versprach, den Genre-Konsens zu überwinden und sich neue Leser zu erschließen.

Die Revolte der »New Wave«

Die Science Fiction der fünfziger Jahre nahm sich großer Themen und Fragen an: dazu gehörten die Erkundung und Kolonisation des Weltalls oder die Schilderung des Aufstiegs und Falls galaktischer Imperien (Isaac Asimovs *Foundation*), das Ausmalen der Folgen eines weltweiten Atomkrieges (Nevil Shutes *On the Beach*, Walter M. Millers *A Canticle for Leibowitz* oder Mordecai Roshwalds *Level 7*) oder Geschichten über Erfahrungen, die als »konzeptuelle Durchbrüche«

Die Revolte der »New Wave«

bezeichnet werden. Solche Durchbrüche, die grundlegend die Realität der Protagonisten ändern, geschehen beispielsweise in James Blishs Erzählung »Surface Tension« (*Galaxy*, Aug. 1952, dt. als »Oberflächenspannung«), die beschreibt, wie einer der mikroskopischen Bewohner einer Wasserlache die Oberflächenspannung zu überwinden und die riesige Welt außerhalb kennen zu lernen vermag. In Philip K. Dicks *Time out of Joint* (1959, dt. als *Zeit aus den Fugen*) stellt sich der gemütliche Alltag in einer amerikanischen Kleinstadt der fünfziger Jahre als eine Kulisse heraus, die den mental labilen, aber mit einer besonderen Begabung ausgestatteten Protagonisten in Sicherheit wiegen soll; in Wirklichkeit schreibt man bereits das Jahr 1998, und das tägliche von ihm gelöste, harmlos erscheinende Rätsel in der Zeitung dient dem Militär dazu, die voraussichtlichen Flugbahnen gegnerischer Raketen zu berechnen. Einem Autor wie Philip K. Dick gelang es, eingeübte Auffassungen der Wirklichkeit tatsächlich ins Schwanken zu bringen, aber häufig wurden die hier aufgeführten Themen nur endlos variiert – ein Großteil der SF war vorhersehbare und fade Massenware geworden.

Die sechziger Jahre waren das Jahrzehnt der politischen und kulturellen Revolte und Tabubrüche, und die SF-Szene war dabei keine Ausnahme. Wie in anderen Bereichen waren die Revolten gegen den Status quo in der SF auch Folge eines Generationenwechsels. Die meisten Autoren, die das »Goldene Zeitalter« prägten, debütierten in den dreißiger Jahren und waren zwei Jahrzehnte später Autoren fortgeschrittenen Alters, die meist nur wenig für Innovatives übrig hatten. In den späten fünfziger und frühen sechziger Jahren stand eine neue Generation von jungen Autoren bereit, die kurz vor oder während des 2. Weltkrieges geboren worden waren, als Kinder und Jugendliche die SF des »Goldenen Zeitalters« verschlungen hatten, aber auch Avantgarde-Autoren wie Jack Kerouac (1922–1969) oder William S. Burroughs (1914–1997) schätzten. Die folgenreichste Revolte gegen die nur allzu oft von technokratischen Machbarkeitsphantasien geprägte SF des »Goldenen Zeitalters« ging allerdings von Großbritannien aus. Britische Autoren zeigten weniger Loyalität gegenüber der amerikanischen Tradition, und das »swinging« London der sechziger Jahre war auch ein beliebtes Exil für unangepasste amerikanische Autoren. Ein Schlüsselereignis dieser Erneuerung der Science Fiction fand 1964 statt: In diesem Jahr ging die Herausgeberschaft der krisengeschüttelten Zeitschrift *New Worlds* von E. J. Carnell (1912–1972) an Michael Moorcock (geb. 1939) über, der die Zeitschrift in eine völlig neue Richtung steuerte. *New Worlds* war unter Carnells Leitung zwischen 1954 und 1960 für ein Aufblühen der britischen SF verantwortlich gewesen. Autoren wie der Nordire James White (1928–1999), der Australier A. Bertram Chandler (1912–1984) und vor allem Brian Aldiss und J.G. Ballard konnten dort ihre Talent erproben und verfassten zunächst vor allem traditionelle SF im *Astounding*-Stil. 1962 nahm Ballard in einem Gast-Leitartikel für *New Worlds* schon vorweg, was Moorcock zwei Jahre später in die Praxis umsetzen sollte. Ballard schrieb, dass die SF »sich vom Weltraum, interstellaren Reisen, außerirdischen Lebensformen, galaktischen Kriegen abwenden sollte,« da »der *innere* Raum, nicht der äußere, erkundet werden muss. Der einzig wirklich fremde Planet ist die Erde.«

J.G. Ballard ist wohl der Autor, dessen Werke den Geist der »New Wave« am besten verkörpern. Mit seinem frühen Quartett von Romanen *The Drowned World* (1962, dt. als *Karneval der Alligatoren*), *The Wind from Nowhere* (1962, dt. *Der Sturm aus dem Nichts*), *The Drought* (1964, dt. als *Welt in Flammen*) und *The Crystal World* (1966, dt. als *Kristallwelt*) schrieb Ballard gegen die britische Tradition der »cosy catastrophe«, der »behaglichen Katastrophe«, sowie gegen das heroische, wissenschaftlich-rationale Machbarkeitsdenken der Campbell'schen Tradition an. In einer klinisch-kühlen Sprache und in surrealen wiederkehrenden Bildern – leere Swimming-pools oder versehrte Astronauten – schildert Ballard Katastrophen, die die Protagonisten transformieren. Sie bekämpfen nicht wie die Campbell'schen Helden das drohende Desaster, sondern finden sich damit ab oder heißen es sogar willkommen; Ballard sprach ironisch von »Geschichten psychischer Erfüllung«. Die Traditionalisten waren alles andere als erbaut von diesem Defätismus; so schrieb Algis Budrys: »Um ein Protagonist in einem Roman von J.G. Ballard zu sein (...) muss man sich vom gesamten Korpus der wissenschaftlichen Erziehung loslösen. Wenn die Katastrophe dann kommt, ist man unter keinerlei Verpflichtung irgendetwas zu unternehmen außer herumsitzen und sie anzubeten.« Ballards Ruf wurde durch die Erzählung *The Terminal Beach* (1964, dt. als *Eiland des Todes*) gestärkt, ein weiterer »verdichteter Roman«, der jegliche lineare Erzählweise vermeidet; sie bietet eine Collage atmosphärischer Textblöcke, die von einer verlassenen Insel handeln, auf der Atomtests stattgefunden haben. *The Atrocity Exhibition* (1970, dt. als *Liebe + Napalm: Export USA*) versammelt weitere Szenarien, die die neue Qualität subjektiver Erfahrung in einer technologisierten Konsum- und Medienwelt widerspiegeln sollen. Moorcock feierte Ballards Werk in *New Worlds* als »erste klare Stimme einer Bewegung, die dazu bestimmt ist, die literarischen Ideen des 20. Jahrhunderts – Surrealismus, ›stream-of-consciousness‹, Symbolismus, Science Fiction – zu konsolidieren«. Ballard war für Moorcock also offenbar die alles überragende Gestalt der modernen Literatur.

Neben dieser Erkundung innerer Welten war entropischer Zerfall ein weiteres Hauptmotive der »New Wave«. Entropie ist die Tendenz von Systemen, von einem unwahrscheinlichen (geordneten) in einen wahrscheinlichen (ungeordneten) Zustand überzugehen. Das zweite Gesetz der Thermodynamik wurde 1860 formuliert, rasch als literarisches Motiv erkannt und beispielsweise von H.G. Wells im Schlussteil von *The Time Machine* genutzt. Das Konzept der Entropie erfuhr nach dem 2. Weltkrieg einige wichtige Erweiterungen, als es von Systemtheoretikern wie Norbert Wiener (1894–1964) auch auf Sprache und Kommunikation angewendet wurde. Damit eröffneten sich neue literarische Möglichkeiten.

Thomas M. Disch (geb. 1940), John Sladek (1937–2000) und Pamela Zoline (geb. 1941) waren US-amerikanische Autoren, die die von Moorcock angebotene Freiheit in *New Worlds* und die thematischen Optionen der »New Wave« entschieden nutzten. Im Juni 1967 erschien in *New Worlds* der erste Teil von Dischs *Camp Concentration* (1968 als Buch). Disch schildert, wie in den Vereinigten Staaten der nahen Zukunft an politischen Gefangenen Experimente mit intelligenzsteigernden, aber letztlich tödlichen Präparaten durchgeführt werden. Der entropische Zerfall des Universums, der US-amerikanischen Demokratie und des menschlichen Körpers ist ein wichtiges Motiv des Romans. Disch hatte versucht, das Manuskript in den USA zu verkaufen, aber die Thematik und vor allem die explizite Sprache des afroamerikanischen Protagonisten Mordecai Washington war den Verlagen zu riskant.

Der Satiriker Sladek nahm sich gerne der Absurditäten einer kybernetischen und bürokratischen Zukunft an und unterlief damit alle Versprechungen einer problemfreien technologischen Zukunft. Auch in seinem Roman *The Reproductive System* (1968, dt. *Die stählerne Horde*) ist die Entropie ein hervorstechendes Thema: das geschlossene System einer Fabrik wird zunehmend chaotisch und überschwemmt die USA mit nutzlosen Maschinen. Der unbestrittene Klassiker der entropischen »New Wave« ist jedoch Pamela Zolines *The Heat Death of the Universe* (1967, dt. als *Der Wärmetod des Universums*). In 54 nummerierten Paragraphen schildert Zoline den aussichtslosen Kampf der jungen Mutter Sarah Boyle gegen die Unordnung verursachenden Kräfte in einem Haushalt. Die Projektion eines kosmologischen Prozesses auf die häusliche Sphäre, die Vermischung von Poesie, der Sprache der Werbung, kybernetischem und soziologischem Fachjargon sowie von feministischem Diskurs reflektiert die Widersprüche zwischen zerbrechlicher subjektiver Erfahrung und Versuchen, diese Erfahrung natur- oder humanwissenschaftlich zu zähmen.

Die Revolte der »New Wave«

Die Ausgabe von »New Worlds«, die ihren wirtschaftlichen Niedergang einläutete.

Norman Spinrads Serie *Bug Jack Barron* (1967–68, als Buch 1969, dt. als *Champion Jack Barron*), ein weiteres Werk, das keinen Verleger in den USA finden konnte, brachte *New Worlds* in Schwierigkeiten. Spinrad (geb. 1940) schildert eine Zukunft mit exhibitionistischen Fernsehshows, die Phänomene wie die »Jerry Springer Show« vorwegnehmen. Besonders anstößig waren offenbar die sexuellen Abenteuer des Protagonisten Jack Barron, und im März 1968 entfernte W. H. Smith, der größte Zeitschriftenhändler Großbritanniens, *New Worlds* wegen Obszönität aus dem Sortiment. Damit begann der Niedergang der Zeitschrift; sie hatte den profitabelsten Vertriebsweg verloren und war zeitweise in Süd-Afrika, Neuseeland und Australien verboten. Nur Werbeeinnahmen, ein treuer Kern von Abonnenten und Spenden erhielten *New Worlds* noch bis 1971 am Leben.

Gab es auf US-amerikanischem Boden eine »New Wave«? In den Vereinigten Staaten existierten zwei »Inseln« der Innovation: die seit 1966 von Damon Knight herausgegebene Anthologie-Serie *Orbit* und Harlan Ellisons Sammelband *Dangerous Visions* (1967). Knight versuchte seit den frühen fünfziger Jahren, in der Science Fiction höhere literarische Standards durchzusetzen. 1956 gründete er zusammen mit Judith Merril (1923–1997) und James Blish die »Milford Science Fiction Writers' Conference«, die die schriftstellerische Entwicklung junger SF-Autoren unterstützen sollte. Knight schätzte die SF von James Sallis (geb. 1944), einem US-amerikanischen *New Worlds*-Autor, von Kate Wilhelm (geb. 1928) und Gene Wolfe (geb. 1931), deren Werke nur wenig mit der klassischen SF des »Goldenen Zeitalters« gemeinsam hatten, und förderte Autoren, die stilistisch und konzeptuell Neues zu bieten hatten. Harlan Ellison erbat sich für *Dangerous Visions* von den Autoren Geschichten, die wegen provokanter Themen wahrscheinlich die Selbstszensur der etablierten Zeitschriften herausgefordert hätten. Ellison nahm Avantgardistisches wie *Riders of the Purple Wage* (dt. als *Die Reiter der purpurnen Sozialhilfe*) von Philip José Farmer (geb. 1918), *Carcinoma Angel* (dt. als *Karzinom Angels*) von Norman Spinrad oder *Aye, Gomorrah* (dt. als *Aye, aye und Gomorrah*) von Samuel R. Delany auf und druckte Stücke von Ballard, Dick, Aldiss, Sladek und Roger Zelazny (1937–1995) ab; er fand jedoch auch Platz für Vertreter der alten Garde wie Poul Anderson (geb. 1926), Fritz Leiber (1910–1992) oder Lester del Rey (1915–1993). Das Vorwort zu der Sammlung schrieb Isaac Asimov – der sonst nie Sympathien für die »New Wave« zeigte –, finanzielle Unterstützung kam von Larry Niven (geb. 1938), einem Vertreter der aufstrebenden »harten« Science Fiction. Trotz dieser eigenartigen Mixtur stellte *Dangerous Visions* einen wichtigen Bezugspunkt für die Erneuerung der anglo-amerikanischen SF dar, denn die Anthologie demonstrierte, welche Breite an Möglichkeiten das Genre mittlerweile bot.

Das Etikett »New Wave« war und bleibt umstritten. In Großbritannien wollten sich viele Autoren nicht von dieser Bewegung vereinnahmen lassen. Es wird leicht vergessen, dass viele der Texte, die sich am treuesten an das Programm der »New Wave« hielten, oft bis zur Lächerlichkeit prätentios waren, vor allem wenn sie von unerfahrenen Autoren geschrieben wurden. Mit seinen revolutionären Implikationen verdeckt der Begriff überdies auch Kontinuitäten. Eine Vermischung von traditionellen und neuen Elementen zeichnet denn auch die Autoren aus, deren Werke überdauert haben. Samuel R. Delany, der sich zunächst zu Ellisons *Dangerous Visions*-Zirkel zählte und sich von der »New Wave«-Rhetorik später distanzierte, interessierte sich in den sechziger Jahren für Weltraumopern, wie *Babel-17* (1966), *Nova* (1966) und *Empire Star* (1968) demonstrieren. Es gelang ihm damit, klassische SF-Themen beizubehalten, sie jedoch mit neuen erzählerischen Elementen und politischen und sozialen Visionen zu bereichern. Ähnliches gilt für Philip K. Dick, den »Shakespeare der Science Fiction« (Frederic Jameson). Dick schrieb Mitte der sechziger Jahre seine besten Werke, lässt sich aber nicht ohne weiteres der »New Wave« zuordnen. Dicks Werke bilden eine Brücke zwischen der satirischen SF, wie sie von Pohl und Kornbluths *The Space Merchants* oder Robert Sheckley repräsentiert wird, und dem nach Innen gerichteten Blick der »New Wave«. Philip K. Dick selbst sah sich in der Tradition von van Vogt und Heinlein stehend. *The Man in the High Castle* (1962, dt. als *Das Orakel vom Berg*), *The Penultimate Truth* (1964, dt. als *Zehn Jahre nach dem Blitz*), *Ubik* (1969) und *Do Androids Dream of Electric Sheep* (1968, dt. als *Träumen Roboter von elektrischen Schafen?*) – besser bekannt als *Blade Runner*, dem Titel der Verfilmung aus dem Jahr 1982 – sind exemplarische Romane Dicks. *The Man in the High Castle* ist ein Beispiel für **alternative Geschichte** (»alternate history«). Dick schildert darin eine USA, die nach der Niederlage im 2. Weltkrieg in einen von den Nationalsozialisten beherrschten östlichen und einen von den Japanern besetzten westlichen Teil aufgeteilt sind. Nur in den Rocky Mountains können sich Reste der ursprünglichen freien Staatlichkeit behaupten. Der Leser muss sich bei der Lektüre mit drei Wirklichkeiten auseinander setzen: der eigenen Wirklichkeit und der möglichen alternativen Realität; darüber hinaus spielt der Roman *The Grasshopper Lies Heavy* des Autors Abendsen eine wichtige Rolle (Abendsen ist das Orakel

S. 116

des deutschen Titels). Dieser Roman ist wiederum eine alternative Geschichte der Welt von Dicks Fiktion und ähnelt im Wesentlichen der Welt des Lesers. Dick lässt das Verhältnis dieser möglichen Realitäten offen. So erlebt der japanische Protagonist in einer außerordentlich real wirkenden Halluzination ein San Francisco aus der Wirklichkeit des Lesers, in der Japaner nicht Herrscher, sondern eine unbeliebte Minderheit sind. Handelt es sich also etwa um parallele und nicht alternative Realitäten? Eine solche Aufspaltung der Wirklichkeit ist auch das Thema von *The Penultimate Truth*: Die Menschheit bleibt wegen einer geschickten medialen Vorspiegelung eines andauernden nuklearen Krieges in ihren unterirdischen Lebensräumen eingeschlossen und wird in einem kriegswirtschaftlichen System ausgebeutet. In diesem Roman ist der Präsident Yance, das öffentliche Gesicht des Systems, ein Simulacrum unter der Kontrolle einer Elite von PR-Fachleuten, während das System der Vorspiegelung von einem grotesken Diktator gesteuert wird. Eine Gruppe von Verschwörern erkennt, dass die eingeschlossenen Menschen nur bereit sind, an die Oberfläche zu kommen, wenn ihnen eine neue Fiktion eines letztendlich gewonnenen Krieges vorgespielt wird. *Ubik* stellt den Status verschiedener subjektiver Realitäten am radikalsten in Frage. Es bleibt völlig offen, welcher Protagonist in welcher Pseudo-Realität lebt oder ob die Konstruktion einer übergreifenden, wirklichen »Realität« für den Plot überhaupt möglich ist. *Do Androids Dream of Electric Sheep?* thematisiert die möglicherweise instabile Grenze zwischen Mensch und Maschine. Für die Vernichtung vorgesehene Androiden entwickeln die typischen menschlichen Qualitäten der Empathie und Fürsorge für andere. Dies ist der Gegenpol zu Dicks Sorge, dass der Mensch zu leicht ein williges, maschinenähnliches Werkzeug autoritärer und totalitärer Systeme wird.

Philip K. Dicks Gedanken stießen auf Sympathie in der universitären Gegenkultur der sechziger Jahre, die auch zwei ganz anderen Werken der Science Fiction zu Kultstatus verhalf: Robert A. Heinleins *Stranger in a Strange Land* (1961, dt. als *Ein Fremder in einem fremden Land*) und Frank Herberts *Dune* (1965, dt. *Der Wüstenplanet*). Heinleins Buch war das erste Science-Fiction-Werk, das auf die Bestseller-Listen kam. Trotz Heinleins rechtslastiger und militaristischer Vergangenheit sprach *Stranger in a Strange Land* mit seinem Messianismus und seinen sexuellen Tabubrüchen die Studentenbewegung an. *Dune* wurde – genau wie Tolkiens *The Lord of the Rings* – als eine Kritik an der industriellen Moderne aufgenommen. Das von Frank Herbert überzeugend dargestellte empfindliche ökologische Gleichgewicht des Wüstenplaneten Arrakis – Herbert hatte die Ökologie von Wüsten erforscht und etablierte einige Jahre später einen experimentellen ökologischen Bauernhof – sowie die Kritik an Computern und kybernetischer Kontrolle, fanden eine freundliche Aufnahme in der entstehenden ökologischen und industriekritischen Bewegung der USA und Europas.

In den sechziger Jahren hatte sich die Dominanz der englischsprachigen SF weiter verstärkt. Französische SF setzte ihren in der Nachkriegszeit eingeschlagenen Weg der meist pessimistischen Zukunftssicht fort, und die deutsche SF war noch ganz im Banne des Pulp-Zeitalters. Neben *Perry Rhodan* versuchten sich meist kurzlebige Serien wie *Atlan*, *Mark Powers*, *Rex Corda* oder *Ren Dhark* zu etablieren. Ein großer Erfolg in einem anderen Medium war die Fernsehserie *Raumpatrouille – Die phantastischen Abenteuer des Raumschiffs Orion* (1966). Eine ernste Herausforderung der amerikanischen Hegemonie kam jedoch aus einer anderen Richtung: Einige bedeutende Autoren aus Osteuropa gewannen im Westen an Bekanntheit, vor allem über deutsche Übersetzungen (die dann oft als Grundlagen für weitere Übersetzungen dienten). Stanislaw Lem (geb. 1921) begann seine Karriere in Polen noch unter den Einschränkungen des sozialistischen Realismus, aber nach dem Einsetzen des ideologischen Tauwetters manifestierte sich schnell sein einzigartiges Talent. Lem behandelt in seinen Werken immer wieder die Grenzen einer menschenzentrierten Erkenntnisperspektive und wirft die grundsätzliche Frage auf, ob das Fremde und das Universum überhaupt zu verstehen seien. 1961 erschien *Solaris*, eine Studie über Kommunikation, Interpretation und Wahrnehmung. Der von einem lebenden und offenbar bewussten Ozean bedeckte Planet Solaris konfrontiert die ihn erforschenden Wissenschaftler mit geheimnisvollen Erscheinungen, von denen manche aus der Vergangenheit der Wissenschaftler stammen. Am Ende bleibt den Protagonisten nur Resignation in Anbetracht der enormen Macht des fremden Planeten. Ein ähnliches Problem behandelt *Die Stimme des Herrn* (1968): Ist ein aus dem All aufgefangenes Signal eine Botschaft intelligenter Wesen oder nicht? Das vollständige Scheitern des Projektes dient Lem nicht nur zu Reflexionen über symbolische Kommunikation und die Interpretation von Zeichen, sondern auch zu einer Kritik der Science Fiction. Sein Protagonist, der Mathematiker Hogarth, gibt dem Anthropozentrismus, der typisch für die von seinen Kollegen gelesene Science Fiction ist, eine Teilschuld am Misserfolg. Die erkenntnistheoretische Dimension und die kritische Distanz zur amerikanischen Tradition der SF sind für Lem zwei bedeutsame Themen geblieben.

Die Brüder Arkadi (1925–1991) und Boris Strugatzki (geb. 1931) sind bis heute die gefeiertsten SF-Autoren der Sowjetunion. Ihre Karriere begannen sie mit Erzählungen wie *Praktikanten* (1962), die noch in der optimistischen Tradition Jefremows standen, widmeten sich dann aber in Werken wie *Montag beginnt am Samstag* (1965), *Die zweite Invasion der Marsianer* (1968) oder *Das Märchen von der Troika* (1968) den moralischen Implikationen der Bürokratisierung und Politisierung der Wissenschaft. Am bekanntesten ist ihr Buch *Picknick am Wegesrand* (1972), 1979 von Andrei Tarkowski eindrucksvoll verfilmt. Beschrieben werden Versuche, geheimnisvolle Phänomene und Artefakte in sechs auf der Erde in einer Linie angeordneten Zonen zu erklären. Diese entvölkerten Zonen beherbergen Beispiele fortschrittlicher, häufig völlig unerklärbarer und gefährlicher Technologie. Sie werden nur von Schatzsuchern besucht, die unter Lebensgefahr versuchen, nützliche und Profit versprechende Technologie zu bergen. Die Zonen sind von korrupten militärischen, bürokratischen und wirtschaftlichen Systemen umgeben, die auf der Ausbeutung der Schatzsucher beruhen. Der Titel des Buches lässt vermuten, dass es sich bei den Objekten der Zonen nicht um bewusste Gaben der Außerirdischen handelt, die der Menschheit zu einem technologischen Sprung nach vorne verhelfen sollen, sondern schlicht um den Abfall von Picknicks, die bei ihrem Besuch auf der Erde übrig blieben. Den Strugatzki-Brüdern geht es im Unterschied zu Stanislaw Lem weniger um die grundlegenden Probleme, extraterrestrische Signale oder Artefakte zu verstehen und zu deuten. Die Artefakte stehen vielmehr symbolisch für die Gefahren, die eine rücksichtslose militärische und kommerzielle Ausbeutung von Hochtechnologie mit sich bringt.

Die Science Fiction auf der Suche nach neuen Wegen

Das Schicksal der SF nach dem Ende der »New Wave« lässt sich unterschiedlich deuten. Eine optimistische Interpretation sieht die SF in den siebziger Jahren endlich auf dem Weg zur Respektabilität. Die Experimente Michael Moorcocks und Harlan Ellisons machten SF-Motive und -Themen für postmoderne Autoren wie Thomas Pynchon (geb. 1937) oder John Barth (geb. 1930) interessant. Genre-Autoren wie J.G. Ballard und Brian Aldiss gewannen den Respekt des literarischen Establishments, und eine neue Generation von SF-Autoren wie Christopher Priest (geb. 1943) wurde sogar von hochangesehenen und traditionsreichen literarischen Verlagen wie Faber & Faber publiziert. Utopische und dystopische Motive wurden von einer neuen Generation feministischer SF-Autorinnen aufgenommen. Die Gründung der »Science Fiction Research Association« in den Vereinigten

Staaten, der »Science Fiction Foundation« in Großbritannien und das Erscheinen der Zeitschrift *Science Fiction Studies* repräsentierten ein neues akademisches und kritisches Interesse an der SF.

Eine andere Deutung sieht in den siebziger Jahren den Anfang vom Ende der Ambitionen der Science Fiction als ernsthaftes kulturelles Projekt. Das Ende von *New Worlds* bedeutete demnach nicht die Aufnahme von SF in den »mainstream«, sondern das endgültige Scheitern des Projektes, dem Genre endlich literarischen Wert und die ihm angeblich zustehende Anerkennung zu verschaffen. Das steigende akademische Interesse an der SF stand im Widerspruch zur immer noch oft offen anti-intellektuellen Haltung eines Großteils der SF-Konsumenten, und der Erfolg von Kino-Blockbustern wie Steven Spielbergs *Close Encounter of the Third Kind* (1977, dt. als *Unheimliche Begegnung der dritten Art*) und vor allem der ersten *Star Wars*-Trilogie (1977–1983) läutete in dieser Lesart den endgültigen Niedergang der SF zu einem kommerziellen Massenphänomen ein – plötzlich fanden sich zahllose Menschen zur SF hingezogen, die nichts von ihren Traditionen wussten und sie nur als Trivialgenre wahrnahmen.

Vielleicht sind beide Diagnosen richtig und bestätigen nur die Wahrnehmung, dass die »New Wave« zwar einen Höhepunkt der SF bildete, sich aber selbst entropisch erschöpft hatte und nun einen »Friedhof toter Erzählungen« (Joanna Russ) bildete. Die Trümmer der Bewegung konnten allerdings zum Ausgangspunkt verschiedener neuer Erkundungen der Möglichkeiten des Genres werden. Es überrascht nur wenig, dass einer dieser Wege zurück zu Traditionen des »Golden Age« führte . Eine Gruppe von stolzen Traditionalisten sah sich als Bastion einer angeblich verlorenen Kunst: der vorsichtigen, den Naturgesetzen treuen Ausgestaltung einer nicht allzu fernen Zukunft oder fremder Welten. Die »New Wave« hatte allem Anschein nach jegliches ernsthafte Interesse an Technologie, Physik und Weltraumfahrt völlig verloren und sich ausschließlich der Erforschung innerer Welten gewidmet. Eine Rückbesinnung war nötig geworden;

die **»harte« Science Fiction** sollte Abhilfe schaffen und die SF zu ihren angeblichen Wurzeln zurückführen.

Den Gegenpol zu den meist männlichen Autoren der harten SF bildeten feministische Autorinnen, die in den siebziger Jahren das utopische Potenzial der Science Fiction wiederentdeckten. Die feministische Kritik patriarchalischer Strukturen in der SF-Literatur begann mit Versuchen, den Kanon zu erweitern. Pamela Sargent (geb. 1948) versammelte in ihren Anthologien *Women of Wonder* (1975), *More Women of Wonder* (1976) und *New Women of Wonder* (1978) SF-Autorinnen, deren Aktivitäten bis in die Frühzeit der Pulps zurückreichten, wie etwa Catherine L. Moore (1911–1987) und Leigh Brackett (1915–1978).

Der Feminismus war – genau wie heute – auch in den späten sechziger und den siebziger Jahren keine einheitliche politische und kulturelle Bewegung. Auch in der feministischen Science Fiction wurden wie in anderen Sphären verschiedene und oft widersprüchliche Wege erkundet. So lässt sich Ursula Le Guins *The Left Hand of Darkness* (1969, dt. als *Winterplanet* bzw. *Die linke Hand der Dunkelheit*) als ein proto-feministischer Text lesen, dem es vor allem um eine Infragestellung geschlechtsspezifischer Erwartungen geht. Die Bewohner des Planeten Winter sind Hermaphroditen, die nur einmal im Monat sexuell aktiv werden und sowohl weibliche als auch männliche Fortpflanzungsrollen übernehmen können. Le Guin erzählt von einem Abgesandten einer anderen Welt, dessen Wahrnehmung noch immer in der Dichotomie von »männlich« und »weiblich« gefangen ist und damit seine Mission In Gefahr bringt. Der Autorin geht es vorrangig um die Darstellung des kulturellen und ethnischen Anderen, und nicht nur um soziale und biologische Geschlechterrollen.

James Tiptree Jr. – in den frühen siebziger Jahren zunächst als Autor mit einzigartigen »maskulinen« Eigenschaften gefeiert, bevor sich 1977 die Wissenschaftlerin Alice Sheldon (1915–1987) als Person hinter dem Pseudonym zu erkennen gab – untersuchte in ihren Geschichten auf eindrucksvolle Weise die Bedeutung von Geschlechterrollen. In *The Women Men Don't See* (1973, dt. als *Die unscheinbaren Frauen*) bevorzugen Frauen Außerirdische als Partner, in *Houston, Houston, Do You Read* (1976) müssen Frauen drei gestrandete Astronauten liquidieren, um ihr männerloses Utopia bewahren zu können. *Wanderground* (1979, dt. als *Das Wanderland. Geschichten von den Hügelfrauen*) von Sally Miller Gearhart (geb. 1931) und *Walking to the End of the World* (1974, dt. als *Tochter der Apokalypse*) und *Motherlines* (1978, dt. als *Alldera und die Amazonen*) von Suzy McKee Charnas (geb. 1939) sind exemplarische Werke, in denen nur eine räumliche Trennung der Geschlechter die gewalttätige Unterdrückung der Frau aufheben kann. In Gearharts *Wanderground* stehen Männer für Gewalt und Technologie, Frauen für harmonisches Zusammenleben mit der Natur. Charnas' Schilderung ist interessanter, da sie sich einer naiven Verherrlichung mystischer weiblicher Einheit verweigert und biologische und soziale Differenzierung und Konflikte innerhalb der Frauenwelt darstellt.

Während die von Gearhart und Charnas repräsentierte Spielart feministischer SF häufig mit einer anti-technologischen Haltung auftritt, ließen sich andere Autorinnen von Shulamith Firestones *The Dialectic of Sex: The Case for Feminist Revolution* (1970) inspirieren. Firestone behauptete, Technologien künstlicher Reproduktion könnten Frauen von biologischen Zwängen befreien. In *Woman on the Edge of Time* (1976, dt. als *Frau am Abgrund der Zeit*) von Marge Piercy (geb. 1936) ist Mattapoisett eine androgyne, egalitäre und ökologisch nachhaltige Gesellschaft, in der Kinder sich in künstlichen Gebärmüttern entwickeln und beide Elternteile in gleichem Maß an der Erziehung teilnehmen. Die Technologisierung der Reproduktion führt also auch dazu, dass das biologische Geschlecht keine soziale Hierarchie mehr produziert. Auch in Ursula Le Guins *The Dispossessed* (1974, dt. als *Planet der Habenichtse*) ist das biologische Geschlecht als Ursache sozialer Unterschiede ausgeschaltet.

Die Science Fiction auf der Suche nach neuen Wegen

Eine radikale Kritik von essentialistischen Geschlechteridentitäten, die Aspekte von Judith Butlers einflussreicher theoretischer Schrift *Gender Trouble* (1990, dt. als *Das Unbehagen der Geschlechter*) vorwegnimmt, bietet Joanna Russ (geb. 1937) in einigen ihrer Werke. Russ' *The Female Man* (1975, dt. als *Planet der Frauen* bzw. *Eine Weile entfernt*) ist der Höhepunkt der feministischen SF der siebziger Jahre. Die vier weiblichen Protagonisten Janet, Jeanine, Joanna und Jael sind ein und dieselbe Person, deren soziale Identität jedoch in vier verschiedenen Gesellschaften konstituiert wird: in zwei Versionen der USA des Jahres 1969, im feministischen Utopia Whileaway und in einer Zukunft, in der ein permanenter Krieg der Geschlechter herrscht. Wie in ihrer späteren Erzählung »The Mystery of the Young Gentleman« (1982) wird Geschlechtsidentität mit der Ausübung sozial akzeptierten geschlechtsspezifischen Verhaltens gleichgesetzt: sexuelle Identität ist nichts anderes als die Folge sozial bestimmten Verhaltens (»Performativität«) und entspricht keiner festgelegten biologischen Natur.

Nicht nur Autorinnen dekonstruierten die Stabilität angeblich biologisch fixierter Geschlechterrollen. Vor allem der mit dem James-Tiptree-Preis geehrte Samuel R. Delany – als Afro-Amerikaner und offen Bisexueller in der SF-Szene doppelt marginalisiert – forderte einschlägige Konventionen heraus und betonte darüber hinaus den Zusammenhang zwischen Sexualität und Hautfarbe. In *Triton* (1976) beschreibt Delany eine Gesellschaft mit mehr als vierzig unterschiedlichen Geschlechtern – eine Situation, in der feste soziale Geschlechterrollen bedeutungslos werden und sich heterosexuelle, homosexuelle und platonische Beziehungen gesellschaftlicher Akzeptanz erfreuen. Delanys monumentales Werk *Dhalgren* (1975) thematisiert kompromisslos die Mythologien über das sexuelle Verhalten Schwarzer.

Vor dem Hintergrund ideologischer Gegensätze zwischen harter SF und technologiekritischer feministisch-utopischer SF wurde in den siebziger Jahren weiterhin auch solide und traditionsbewusste

Die Science Fiction auf der Suche nach neuen Wegen

Science Fiction geschrieben, die sich allerdings oft die Innovationen der »New Wave« zu eigen machte. Frederik Pohl kehrte 1977, nachdem er viele Jahre hauptsächlich als Lektor und Herausgeber gearbeitet hatte, eindrucksvoll mit dem mehrfach preisgekrönten *Gateway* zurück. Joe Haldemans *The Forever War* ist eine von den Vietnam-Erfahrungen des Autors geprägte Kritik der militaristischen Tradition der SF. John Varley (geb. 1947) legte mit *The Ophiuchi-Hotline* (1977, dt. als *Der heiße Draht nach Ophiuchi*) ein eindrucksvolles Romandebüt vor. Der Altmeister Arthur C. Clarke veröffentlichte *Rendezvous with Rama* (1973, dt. als *Rendezvous mit Rama*) und *The Fountains of Paradise* (1979, dt. als *Fahrstuhl zu den Sternen*), und Isaac Asimov gewann den Hugo- wie auch den Nebula-Award mit *The Gods Themselves* (1972, dt. als *Lunatico, oder: Die nächste Welt*).

Thematisch, narrativ und stilistisch innovative SF wurde auch nach dem Ende der »New Wave« geschrieben. *The Embedding* (1973, dt. als *Das Babel-Syndrom*) des Briten Ian Watson (geb. 1943) nutzt die Ideen der Linguistik Noam Chomskys, radikale antikolonialistische Politik und den Erstkontakt mit Außerirdischen, um die Natur von Sprache und Kommunikation zu erkunden. Gene Wolfe und John Crowley (geb. 1942) sind zwei US-amerikanische Autoren, die von Kollegen innerhalb und außerhalb der SF außerordentlich geschätzt werden, allerdings von Lesern nie mit hohen Verkaufszahlen belohnt wurden. Gene Wolfe stellte 1972 mit dem enigmatischen *The Fifth Head of Cerberus* (dt. als *Der fünfte Kopf des Zerberus*) ein eindrucksvolles Werk vor. Aus der Perspektive eines Ureinwohners, eines Anthropologen und des geklonten Sohnes eines Wissenschaftlers erzählt Wolfe in drei miteinander verwobenen Novellen die Geschichte der Besiedelung zweier Planeten, Sainte Anne und Sainte Croix. Sein vierbändiges *Book of the New Sun* – *The Shadow of the Torturer* (1980), *The Claw of the Conciliator* (1981), *The Sword of the Lictor* (1982) und *The Citadel of the Autarch* (1983) – festigte seinen Ruf als einer der wichtigsten Autoren der SF. In einer dichten und anspielungsreichen, deutlich von Jorge Luis Borges (1899–1986) beeinflussten Prosa schildert Wolfe die Reisen des von seiner Zunft verstoßenen Folterers Severian. Die Handlung spielt in einer unbestimmt fernen Zukunft mit einem für die Fantasy-Literatur typischen mittelalterlichen Charakter. Im Laufe der Handlung stellt sich jedoch heraus, dass die Welt mit Überresten der Hochtechnologie übersät ist und die Herrscher mit Außerirdischen zusammenarbeiten. Bildwelt und Struktur des Zyklus sind offen religiös: Severian offenbart sich als eine messianische Figur, welche die sterbende Welt zu einem Neuanfang führen wird. Wolfe setzte mit *The Urth of the New Sun* (1987, dt. als *Die Urth der neuen Sonne*) die Geschichte von Severian fort und baute in den beiden Zyklen *The Book of the Long Sun* (vier Bände 1993–1996) und *The Book of the Short Sun* (drei Bände 1999–2001) sein mythisches Universum aus.

John Crowleys *The Deep* (1975, dt. als *In der Tiefe*) spielt auf einer scheibenförmigen Welt, auf der die Bewohner unter der Aufsicht eines geheimnisvollen höheren Wesens endlos komplexe Konflikte aus einem Jahr des britischen Rosenkrieges wiederholen müssen. *Engine Summer* (1979, dt. als *Maschinensommer*) schildert die langsame Einsicht des Protagonisten, dass sein Leben in den USA nach einem Atomkrieg nichts anderes ist als das endlose und wiederholte Abspielen von auf einem Kristall gespeicherten Erinnerungen. Ein wiederkehrendes Motiv in Crowleys Büchern ist das Gefangensein der Welt und der Protagonisten im eisernen Griff einer unergründlichen Autorität oder eines vorbestimmten Schicksals. 1981 legte Crowley dann mit *Little, Big* (dt. als *Parlament der Feen*) eines der wichtigsten Werke der Fantasy der letzten Jahrzehnte vor. Crowley, häufig als einer der am meisten unterschätzten Autoren der USA beschrieben, konnte mit der während der Kuba-Krise spielenden Geschichte *The Translator* (2003) und *Lord Byron's Novel* (2005), einer literarischen Detektivgeschichte im Geiste von Vladimir Nabokovs *Pale Fire* oder A. S. Byatts *Possession*, große Erfolge bei der Kritik landen.

Cyberpunker und kalte Krieger

In den achtziger Jahren holte die alltägliche Wirklichkeit langsam die Prophezeiungen der SF ein. Die Raumfahrt hatte zuvor schon Vorhersagen erfüllt, aber erst mit dem Siegeszug des Digitalcomputers und der zunehmenden Automatisierung der Lebenswelt breitete sich eine an so manche SF-Visionen erinnernde Wirklichkeit aus. Parallel zu der atemberaubend rasanten Computerrevolution geschahen politische und wirtschaftliche Umwälzungen: Ronald Reagan und Margaret Thatcher ließen den Marktkräften in den USA und Großbritannien freieren Lauf und versuchten, die Sphäre der Politik auf Kernbereiche zu beschränken. Die technologische und wirtschaftliche Dominanz des Westens erschien gleichzeitig nicht länger unanfechtbar; mit Japan trat ein Konkurrent auf die Bühne. Cyberpunk repräsentierte diese Stimmungslage wie kaum eine andere Literatur.

Der Begriff »Cyberpunk« wurde von Bruce Bethke (geb. 1955) geprägt, als Titel einer 1983 in *Amazing Stories* erschienenen Erzählung. Als Name einer literarischen Bewegung gewann er aber erst mit der Anthologie *Mirrorshades: The Cyberpunk Anthology* (1986) Bedeutung. Im Vorwort formulierte der Herausgeber Bruce Sterling (geb. 1954) ein »Programm« des Cyberpunk. Zelebriert wird darin das subversive, keine politische Autorität anerkennende Potenzial von Technologie, von Graffiti, von Scratch-Musik, die Funk mit der Collage-Technik von William S. Burroughs verbindet. Die visionäre Intensität eines J.G. Ballard – dem Idol vieler Cyberpunker – und eine klinische und kalte Objektivität sind laut Sterling weitere Merkmale der neuen Bewegung. Die Berufung auf das Antiautoritäre erklärt vor allem das »-punk« in Cyberpunk. »Cyber-« steht hingegen für die Bedeutung der digitalen Virtualität und für das anbrechende »posthumane« Zeitalter der Cyborgs. »Posthumanität« beschreibt eine Blickweise, die Information gegenüber Körperlichkeit privilegiert. Die Tatsache, dass Leben in biologischen Körpern realisiert ist, ist danach ein historischer Zufall und keine Notwendigkeit: Der Körper ist auch nichts anderes als die erste Prothese, mit der jeder Mensch umzugehen lernt, so dass eine Erweiterung des Körpers mit technischen Prothesen oder Implantaten nur die Fortsetzung eines »natürlichen« Prozesses darstellt, der vor der Geburt begonnen hat. Daher kann der Mensch ohne weiteres mit intelligenten Maschinen eine Verbindung eingehen, und es existiert keine eindeutige Grenzlinie zwischen körperlicher Existenz und Computersimulation. »A Manifesto for Cyborgs« (1984) von Donna Haraway (geb. 1944), ein einflussreiches Schlüsseldokument des Jahrzehnts, feierte die Ko-Evolution von Mensch und Maschine als befreiend, als Möglichkeit, essentialistische, konservative Vorstellungen von Mensch-, Frau- und Mann-Sein zu überwinden.

Im Cyberpunk der achtziger Jahre fanden eine Reihe von Ideen zusammen, die die SF seit Jahrzehnten bevölkerten. *Limbo* (1952) von Bernard Wolfe (1915–1985) schildert eine Welt, in der Aggressivität mit der Fähigkeit gleichgesetzt wird, sich zu bewegen. Wahre Gläubige dieser Ideologie lassen sich freiwillig ihre Gliedmaßen amputieren. Um die Langeweile der immobilisierten Menschen zu lindern, bildet sich eine kybernetische Industrie heraus, die den Amputierten ihre Gliedmaßen ersetzt und ihnen damit völlig neue Fähigkeiten verleiht. James Tiptrees Kurzgeschichte »The Girl Who Was Plugged In« (1973) hatte die Änderung der Selbstwahrnehmung nach einer Überführung des Bewusstsein der Protagonistin in einen Roboter beschrieben; John Brunner hatte in *Shockwave Rider* (1975, dt. als *Der Schockwellenreiter*) die Existenz von weltumspannenden Kommunikationsnetzen und Computerviren vorweggenommen. Vernor Vinges einflussreiche Erzählung »True Names« (1981, dt. »Wahre Namen«) schildert eine von Hackern kreierte virtuelle Realität, die von einem wahnsinnigen Kollegen auf der Suche nach absoluter Macht heimgesucht wird. K.W. Jeter (geb. 1950) nahm in dem 1972 geschriebenen, aber erst 1984 veröffentlichten *Dr. Adder* (dt. als *Dr. Adder*) die Bildwelt von Blade Runner vorweg: Los Angeles in naher Zukunft ist eine verwahrloste, verfallene Metropole der Freaks und Ganoven und gescheiterten Existenzen, in der der charismatische Held Dr. Adder seinem subserviven Geschäft mit plastischer Chirurgie und halluzinogenen Drogen nachgeht.

Das die Cyberpunk-Bewegung definierende Werk ist zweifellos *Neuromancer* (1984). Mit ihm schuf William Gibson (geb. 1948) ein formales und thematisches Muster dieser Untergattung. Der Roman zeichnet eine urbane, multiethnische, postapokalyptische nahe Zukunft mit allen Zeichen des Zerfalls, die trotzdem voller technologischer Wunder ist und von japanischen Mega-Konzernen und einem florierenden Schwarzmarkt beherrscht wird (die Ähnlichkeit dieser Vision mit der einflussreichen Bildwelt von Ridley Scotts *Blade Runner* ist offensichtlich). Simulacra, Hologramme, Klone, Cyborgs und Virtualität (»cyberspace«) definieren eine Welt, in der die Unterscheidung zwischen Kopie und Original nahezu bedeutungslos geworden ist. In dieser unübersichtlichen, technologisch bestimmten und unregulierten kapitalistischen Kultur können sich »console cowboys« wie der Protagonist Case mit ihren technischen Fähigkeiten Zonen der Freiheit und Selbstbestimmung erkämpfen.

Case, ein legendärer Hacker, ist ohne Arbeit, seit ein früherer Auftraggeber sein Nervensystem mit einem Toxin geschädigt hat und er nicht mehr in die virtuelle Realität des Cyberspace eintauchen kann. Aus Verzweiflung verdient er sich seinen Lebensunterhalt auf dem Schwarzmarkt mit dunklen Machenschaften. Eines Tages wird er von Molly, einer kybernetisch aufgewerteten Straßenkämpferin, aufgespürt, die ihn für ihren Auftraggeber Armitage rekrutiert, einen geheimnisvollen Ex-Soldaten, dessen Ziele zunächst unbekannt bleiben. Obwohl Cases neurologische Schäden angeblich irreparabel sind, bietet Armitage ihm an, sein Nervensystem wieder instand zu setzen, wenn er für ihn als Hacker arbeitet. Case ist bereit, jeden Preis für den Wiedererhalt seiner Fähigkeiten zu zahlen, sieht aber ein, dass hinter dem Angebot in Wirklichkeit eine Person steht, die über nahezu unbegrenzte Geldmittel, technologische Ressourcen und Macht verfügt. Ein Auftrag von Armitage führt Case und Molly in das Hauptquartier des Medienkonglomerates »Sense/Net«. Ein simulierter Angriff von Terroristen erlaubt es Molly, in das Gebäude einzudringen, während Case im Cyberspace agiert und Molly in einen Lagerraum navigiert, in dem sich eine wertvolle Speichereinheit befindet, die vollständig die Hirnfunktionen von McCoy Pauley, einem Mentor von Case, reproduzieren kann. Molly und Case, die eine enge Beziehung zueinander entwickeln, beschließen, Armitages Hintergrund auszuloten. Sie haben den Verdacht, dass es sich bei Armitage um Willis Corto handelt, den einzigen Überlebenden einer berühmten militärischen Operation im Kalten Krieg. Bei dieser Operation drang eine Kommandotruppe von Hackern in eine sowjetische Militärbasis ein. Der Einsatz war allerdings eine von der eigenen Seite gestellte Falle, um die Wirkung von elektromagnetischen Impulsen auf Soldaten zu testen. Nur Corto gelang es, sich zur finnischen Grenze durchzuschlagen. Molly und Case entdecken auch Armitages Verbindungen zu der mächtigen Künstlichen Intelligenz Wintermute, die von dem unermeßlich reichen Klan Tessier-Ashpool konstruiert wurde. Case wird von Wintermute kontaktiert, als Armitage immer instabiler und unzuverlässiger wird. Case und Molly rekrutieren ein weiteres Mitglied, den Künstler Paul Riviera, der die Fähigkeit besitzt, mit einem in einer seiner Lungen befindlichen holographischen Projektor detaillierte Bilder zu projizieren. Wintermute möchte, dass die drei einen Gegenstand aus der »Villa Straylight« – dem Heim von Lady Jane Marie-France Tessier-Ashpool – stehlen. Dieser Gegenstand erlaubt es Wintermute, die Grenzen seiner Intelligenz zu überschreiten und sich mit der komplementären Künstlichen Intelligenz Neuromancer zu vereinigen. Eine kurze Zusammenfassung kann dem oft undurchsichtigen und dichten Plot keine Gerechtigkeit antun. Die Zukunft, die Gibson ausmalt, ist so unübersichtlich und mit Informationen geflutet, dass die Sprache beschleunigt werden muss. *Neuromancer* bietet daher eine besondere Leseerfahrung. Jeder Satz bildet in seiner Wort- und Bilderdichte wie ein Fraktal die Undurchschaubarkeit des Plots ab.

Bruce Sterling stellt dagegen deutlicher die positiven Aspekte der Ko-Evolution von Mensch und Maschine in den Vordergrund – und schaut dabei weiter in die Zukunft. *Schismatrix* (1985) spielt im Sonnensystem des 23. Jahrhunderts, das aufgeteilt ist zwischen zwei Fraktionen der Menschheit, den Gestaltern, die sich durch Gentechnologie und Psychologie fortentwickeln, und den Mechanisten, die Computer und Implantate verwenden. Die Geschichte wird von einem anonymen Historiker jenseits von Raum und Zeit erzählt; diese kühl beobachtende und wissenschaftliche Erzählperspektive ist eine Hommage an Olaf Stapledons Phantasien über die Zukunft der Menschheit und des Universums (siehe **Die britische »scientific romance«**).

[S.98]

Pat Cadigan (geb. 1953), die einzige Frau unter den frühen Cyberpunk-Autoren, hat sich nie mit der Körperverachtung der anderen Vertreter dieser Gruppierung identifiziert. In ihre Erzählung »Pretty Boy Crossover« (1986) lehnt ein Teenager das Angebot ab, sein Leben in digitaler Form weiterzuleben und den ineffizienten Körper zu verlassen. In *Synners* (1991, dt. als *Synder*) schildert sie eine Zukunft, die von den komplizierten Schnittstellen zwischen Mensch und Computer dominiert wird. Cadigan nutzt die stilistischen Möglichkeiten des Cyberpunk meisterlich und teilt mit Gibson die Vorstellung, dass mentale Prozesse mit Computerprozessen gleichzusetzen sind: Sie lässt jedoch den Leser nie vergessen, dass Körper immer ein Geschlecht haben und einer Rasse angehören.

Cyberpunk hat zweifellos die Science Fiction bereichert. Seine Autoren waren unter den Ersten, die erkannten, dass neue Medien und neue Technologien das Leben der Bewohner industrialisierter Länder grundlegend verändert hatten. Diese Technologien bilden inzwischen ein neues »Ökosystem«, das jeden Aspekt unseres Lebens beeinflusst. Die technologische Welt der Pulp-SF war meist reine Prophetie ohne konkretes Gegenstück in der Lebenswelt der Leser. Die »mikrokosmische« Extrapolation gegenwärtiger Technologie (siehe **»harte« Science Fiction**) und die Bewunderung für Hacker und jeden, der die Computertechnologie intim beherrscht, bringt Cyberpunk in die Nähe der klassischen »harten« Science Fiction mit ihrer Verherrlichung des Ingenieurs. Allerdings interessiert sich die harte SF eines Poul Anderson oder Charles Sheffield (geb. 1935) meist mehr für Raketen und Raumstationen, und nicht für Technologie, die »völlig intim ist (...), die unter die Haut geht« (Bruce Sterling). Cyberpunk räumte jedoch gründlich mit den Klischees der amerikanischen SF-Tradition auf und brachte neue Elemente und Einsichten in die harte SF ein: die USA standen nicht mehr notwendigerweise an der Spitze technologischen Fortschritts und mußten mit dem Aufstieg von Konkurrenten wie Japan rechnen; die Lösung menschlicher Probleme liegt nicht in der Eroberung des Weltraumes; für Umweltzerstörung, Armut und Hunger gibt es keine einfachen technologischen Lösungen. In der Folge des Cyberpunk begannen sich die von der SF gezeichneten Bilder der Zukunft der allzu oft deprimierenden Realität anzupassen. Dieser Realismus hat jedoch nicht das utopische Potenzial der Cyberpunk-SF ersetzt: Technologie gilt weiterhin als wichtiges Mittel zur Lösung vieler dieser Probleme – nur sind diese Lösungen nicht mehr so einfach und sauber, wie sie sich die Science Fiction bis dahin oft vorgestellt hatte.

Gleichzeitig mit dem Cyberpunk erlebte eine düstere Spielart der alternativen Geschichte eine Blüte, der so genannte »Steampunk«. Meist im viktorianischen England spielend, ist ein verschmutztes und gewalttätiges London der Schauplatz von Geschichten, die die pessimistischen Elemente des Cyberpunk verstärken. Die Verwandtschaft von Cyber- und Steampunk zeigt sich an personellen Überschneidungen: William Gibson und Bruce Sterling verfassten mit *The Difference Engine* (1991) einen der wichtigsten Steampunk-Romane. Im Viktorianischen England des Romans regiert die industrielle Radikale Partei unter der Führung eines langlebigen Lord Byron, während der Erfinder Charles Babbage erfolgreich einen mechanischen Computer baut (tatsächlich hieß sein Entwurf aber »Analytical Engine«, und nicht »Difference Engine«). Dieser Erfolg wird durch die Massenproduktion von riesigen Dampfcomputern ausgebeutet, die für all jene Anwendungen verwendet werden, die es tatsächlich erst in der heutigen Ära der Chips gibt. Der Roman imaginiert die sozialen Konsequenzen einer solchen Revolution, die sich ein Jahrhundert vor dem tatsächlichen technologischen Durchbruch ereignet. Weitere Vetreter des Steampunk sind James Blaylock (geb. 1950) und K. W. Jeter (geb. 1950). Blaylocks *Homunculus* (1986) ist eine schräge und bizarre Geschichte, die SF-, Horror- und Fantasy-Elemente wild miteinander vermischt. Ein buckliger Arzt erweckt Tote wieder zum Leben. Ein – nach seiner Meinung – wiedergeborener Messias verkündet das Ende der Welt und will durch die Erweckung seiner Mutter ein Zeichen setzen, das die Menschen von seiner Religion überzeugen soll. Die Philosophen und Wissenschaftler des Trimegistus-Klub müssen sich nicht nur gegen den skrupellosen Kelso Drake zur Wehr setzen, der ihre Erfindungen stehlen und profitabel verschachern möchte, sondern auch gegen Leichenfledderer. Alle diese skurrilen Charaktere jagen wiederum hinter geheimnisvollen Schachteln her; in einer soll ein Smaragd versteckt und in einer anderen soll ein gerade mal acht Zoll großer Außerirdischer sitzen, der »Homunculus«, der allerlei Wunderkräfte besitzt. K. W. Jeters *Morlock Nights* (1979) wird oft als Beginn der Steampunk-Bewegung angesehen: die Maschine des Wells'schen Zeitreisenden bringt einen Stoßtrupp von Morlocks ins London des 19. Jahrhunderts, die die Stadt verwüsten. Sein *Infernal Devices* (1987) ist eine Hommage an den viktorianischen Abenteuerroman und H.P. Lovecrafts Ctulhu-Mythos und stellt geheimnisvolle Uhrwerkmechanismen in den Mittelpunkt.

Cyberpunk wurde schon wenige Jahre nach der Ausrufung der Bewegung wieder für tot erklärt. Wie so viele andere gegenkulturelle

Bewegungen wurde er nach einiger Zeit in die Mainstream-Kultur aufgenommen, und Cyberpunk-Elemente wurden zu einem Klischee der Science-Fiction-Literatur. William Gibson setzte zwar mit *Count Zero* (1986, dt. als *Biochips*) und *Mona Lisa Overdrive* (1988) sein in *Neuromancer* begonnenes Projekt fort, ließ dann aber den Cyberpunk hinter sich. Bruce Sterling widmete seine beträchtlichen propagandistischen Fähigkeiten bald einem neuen, von ihm »entdeckten« Phänomen: dem so genannten »slipstream«. Dieser Begriff ist der Titel eines kurzen Artikels, den Sterling 1989 veröffentlichte. Darin lenkt Sterling die Aufmerksamkeit auf die wachsende Anzahl von Texten, die sich Bilder und Themen der SF bedienen, aber den Eindruck erwecken, nicht »wirklich« SF zu sein. Häufig handelt es sich dabei um Texte der »hohen« Literatur, die sich populärkulturelle Elemente aneignen.

Das Bild der SF in den achtziger Jahren wäre aber unvollständig, wenn nur der gegenkulturelle Cyberpunk erwähnt und nicht auch ein Blick auf die so genannte »militärische« SF geworfen wird. Dieser Zweig der SF hat eine lange Geschichte – man denke nur an Heinleins kontroverse *Starship Troopers* –, aber mit Ronald Reagans »Star Wars«-Phantasien und der »Strategic Defense Initiative« (SDI) erlebte militärische SF einen enormen Aufschwung und genoss sogar direkten politischen Einfluss. Die Strategie der gegenseitigen Abschreckung wurde 1982 von Ronald Reagan durch die Vorstellung ersetzt, ein weltraumbasierter Schutz gegen strategische Nuklearraketen der Sowjetunion sei technologisch möglich; damit sei ein nuklearer Schlagabtausch begrenzbar und durch die USA zu gewinnen. Die Tatsache, dass manches von SDI wie Science Fiction klingt, ist kein Zufall. Eine starke politische Lobby für diese Initiative war das so genannte »Citizens' Advisory Panel on National Space Policy«, das von in Kalifornien ansässigen SF-Autoren wie Jerry Pournelle (geb. 1933), Larry Niven, Gregory Benford (geb. 1941), Robert Heinlein und später Greg Bear (geb. 1951) dominiert wurde. Wortführer der Gruppe war Jerry Pournelle, der vor seiner Karriere als SF-Autor als Ingenieur im Raumfahrtprogramm tätig war. Exemplarisch für Pournelles Bücher ist das mit zusammen mit Larry Niven geschriebene *Footfall* (1985, dt. als *Fußfall*), das einen offenen Appell für die Entwicklung der Neutronenbombe darstellt. 1984 veröffentlichte Pournelle zusammen mit Dean Ing das Pamphlet *Mutual Assured Survival*, das die seit den sechziger Jahren gültige Verteidigungspolitik als illusorisches Wunschdenken von in den Humanwissenschaften ausgebildeten Intellektuellen abqualifizierte. SDI sollte ein neues Manhattan-Projekt sein – ein Projekt, das eine technologische Renaissance der USA garantieren konnte. Die Militarisierung des Weltraumes sei ein erster Schritt zu dessen Kolonialisierung und wirtschaftlicher Nutzbarmachung. Diese Mischung von politischer Mission und Science Fiction setzte sich in einer von Pournelle herausgegebenen Anthologie-Reihe fort. Die zwischen 1983 und 1990 erschienene Serie *There Will be War* vermischte SF-Geschichten mit militärischem Inhalt, Kommentare des »Citizens' Advisory Panel« und Beiträge von militärischen Befehlshabern oder Politikern wie dem erzkonservativen Newt Gingrich. Dieses ideologische Klima, das einen Nuklearkrieg als gewinnbar und liberale Polilik als naiv betrachtete, spiegelt sich in einer Vielzahl von Romanen wider. Die *Survivalist*-Serie (1981–1992) von Jerry Ahern (geb. 1946) erzählt beispielsweise, wie die Sowjetunion unter dem Schutz eines eigenen Raketenschutzschildes die USA mit einem begrenzten Nuklearschlag lahmlegen und besetzen; wegen des Widerstandes liberaler Politiker und Wissenschaftler hatten die USA keinen eigenen Schutz gegen Atomraketen entwickelt. Jim Baen, ehemals Lektor bei dem bedeutenden SF-Verlag Tor Books, gründete 1984 seinen eigenen Verlag Baen Books und spezialisierte sich auf rechtsgerichtete, militaristische harte SF. »Harte SF verwandelte sich in rechte Machtphantasien über militärische Ausrüstung, über Männer, die Sachen mit großen Maschinen zerstören.« (Kathryn Cramer)

Einige SF-Autoren widersetzten sich allerdings der politischen Lobby-Arbeit des »Citizens' Advisory Council« und dem Rechtsruck der amerikanischen harten Science Fiction. Arthur C. Clarke und Robert Heinlein zerstritten sich auf einer Sitzung des Rates, da Clarke SDI für eine schlechte Idee hielt. Isaac Asimov verließ die Führung der L-5 Gesellschaft, einer Lobbygruppe zur Förderung der Raumfahrt, da die Organisation sich nicht gegen SDI erklärte. Die beiden Anthologien *There Won't be War* (1991), herausgegeben von Harry Harrison und Bruce McAllister, und *When the Music's Over* (1991), herausgegeben von Lewis Shiner, versammelten Geschichten, die zeigten, dass SF auch gewaltfreie Szenarien zur Konfliktlösung durchspielen kann. Das mit dem Hugo- und Nebula-Preis geehrte *Ender's Game* (1985, dt. als *Das große Spiel*) von Orson Scott Card (geb. 1951) positioniert sich zwischen Heinleins *Starship Troopers* und Haldemans *The Forever War*: Auf der einen Seite ist das Militär außerordentlich unmoralisch und manipulativ, indem es dem Protagonisten Ender vorspiegelt, er spiele nur ein virtuelles Kriegsspiel, während er in Wirklichkeit an der totalen Vernichtung des Gegners teilnimmt, auf der anderen Seite wird das Ganze als aufregende Sache beschrieben.

Cyberpunk war die letzte wirklich innovative Bewegung in der Science Fiction. In den neunziger Jahren und im neuen Jahrtausend geschah dann auf den ersten Blick Eigenartiges: Die Science Fiction antwortete auf die Herausforderungen einer sich technologisch, politisch und wirtschaftlich immer schneller ändernden Welt nicht mit neuen literarischen Formen, sondern mit der Wiederbelebung und Hybridisierung bewährter Muster.

Neue Weltraumoper, »New Weird« und neue »harte« Science Fiction

Manchmal wird behauptet, dass es der Science Fiction gut gehe, wenn es der britischen Science Fiction gut gehe. Wenn dies tatsäch-

Neue Weltraumoper, »New Weird« und neue »harte« Science Fiction

lich zutrifft, dann sollte sich niemand ernsthafte Sorgen um die Zukunft des Genres Sorgen machen müssen. Mit Iain M. Banks, Peter F. Hamilton, Ken Macleod, China Miéville, Justina Robson, Paul McAuley, Gwyneth Jones, Alastair Reynolds, Adam Roberts, Charles Stross und Ian McDonald – diese Liste zeitgenössischer britischer (und häufig selbstbewußt schottischer) SF-Autoren ließe sich ohne weiteres fortsetzen – ist die britische SF-Szene so lebendig und kreativ wie seit dem Ende der »New Wave« nicht mehr. Seit Mitte der achtziger Jahre haben diese Autoren mit der Wiederbelebung der Weltraumoper und einer kreativen Missachtung von Gattungsgrenzen, die unter dem Etikett »New Weird« zusammengefasst werden kann, der SF einen einzigartigen Aufschwung verschafft (und wegen dieser Missachtung der Gattungsgrenzen bei Anhängern »reiner« Formen Sorgen hervorgerufen). Darüber hinaus hat die harte Science Fiction die Lektionen des Cyberpunk und auch des Feminismus gelernt und sich somit an neue Bedingungen angepasst.

Ein Meister der neuen Weltraumoper ist der Schotte Iain Banks (geb. 1954). Banks erregte 1984 mit seinem Debüt *The Wasp Factory* (dt. als *Die Wespenfabrik*) die literarischen Gemüter Großbritanniens. Darin schildert Banks auf originelle und imaginative Weise die makabere Geschichte einer dysfunktionalen schottischen Familie. *Consider Phlebas* (1987, dt. als *Bedenke Phlebas*) war Banks' erster Science-Fiction-Roman (als SF-Genreautor kennzeichnet sich Banks mit dem zusätzlichen Initial »M.«). In diesem Buch führt Banks die »Kultur« ein, eine unermesslich wohlhabende, hedonistische und oberflächlich friedfertige galaktische Zivilisation, die symbiontisch mit intelligenten Maschinen lebt (viele der interessantesten und eigenwilligsten Protagonisten in Banks' Büchern sind Raumschiffe oder Dronen). Wie es sich für eine Weltraumoper gehört, ist in Banks' Romanen fast alles gigantisch – Weltraumhabitate, Raumschiffe, Schlachten usw. Die klassischen Strukturen, Themen und Motive der Weltraumoper werden aber vielgestaltig unterlaufen. In *Consider Phlebas* wie auch in *Use of Weapons* (1990, dt. als *Einsatz der Waffen*), *The Player of Games* (1988, dt. als *Das Spiel Azad*) oder *Look to Windward* (2000, dt. als *Blicke windwärts*) sind die Protagonisten meist Manipulierte oder kommen von außen (zum Beispiel Söldner) und werden zu Handlungen gedrängt, die wenig mit dem apolitischen utopischen Ideal der »Kultur« zu tun haben. Die »Kultur« bedient sich dieser Figuren, um ihre »Dreckarbeit« zu verrichten, wie etwa ein in den Augen der »Kultur« grausames System zu unterminieren (*The Player of Games*) oder durch Intrigen und manipulierte militärische Konflikte das Schicksal von Planeten den Interessen der »Kultur« anzupassen (*The Use of Weapons*). Das Erreichen und das Aufrechterhalten eines Idealszustandes in der »Kultur« ist mit hohen Kosten für andere Zivilisationen und für bestimmte Individuen verbunden. Der Optimismus der klassischen Weltraumoper über das offenbare Schicksal (»manifest destiny«) des Menschen, den Weltraum zu besiedeln und damit die irdischen Probleme hinter sich zu lassen, und die Vorstellung, dass kulturelle und soziale Entwicklung immer nur fortschrittlich ist, wird von der »postmodernen« und selbstironischen Weltraumoper, wie Banks sie schreibt, nicht geteilt.

Der Schotte Ken McLeod (geb. 1954) ist der am offensten politische der neuen britischen Autoren. Basierend auf seinen eigenen Erfahrungen in der sektiererischen Politik der extremen britischen Linken der siebziger Jahre und der Annahme, dass die Ära der Revolutionen und Kriege noch lange nicht vorüber ist, untersucht er in seinen temporeichen und intelligenten Romanen die Konflikte anarchischer Politik in einem nachrevolutionären Weltraum: In *The Star Fraction* (1995, dt. als *Das Sternenprogramm*) ist es der Konflikt zwischen Gemeinschaft und Individualismus, in *The Stone Canal* (1996, dt. als *Die Mars-Stadt*) derjenige zwischen Ungleichheit und Freiheit und in *The Sky Road* (1999) der Konflikt zwischen Stabilität und Fortschritt. Gwyneth Jones (geb. 1952) beschreibt in ihrer *Aleutian*-Trilogie, die *White Queen* (1991, dt. als *Die weiße Königin*), *North Wind* (1994) und *Phoe-*

nix Café (1997) umfasst, die Invasion der Erde durch Außerirdische. *White Queen* beschreibt den Erstkontakt, *North Wind* zeigt die Aleutier auf der Höhe ihrer Macht, und *Phoenix Café* handelt von ihrem Rückzug von der Erde. Diese Schritte sind Parallelen zur Eroberung und Ausbeutung Afrikas durch die Kolonialmächte. Die Trilogie beschreibt, was geschieht, wenn Völker erobert und mit einer überlegenen und unverständlichen Technologie konfrontiert werden. Die Aleutier sind weder abschreckend häßliche noch überhöht schöne Wesen; Jones beschreibt überzeugend eine außerirdische Kultur, die zuerst unüberbrückbar fremd erscheint, sich dann mit der menschlichen Kultur vermischt und nach ihrem Verlassen unauslöschliche Spuren in der Kultur der ehemaligen Kolonie hinterlassen hat.

Das Universum des in der Europäischen Raumfahrtagentur tätigen Astrophysikers Alastair Reynolds (geb. 1966) ist weniger als bei McLeod von den politischen Theorien des 20. Jahrhunderts bestimmt als von den Herausforderungen neuer Technologien, die extreme Modifikationen des menschlichen Körpers ermöglichen, und den Folgen interstellarer Raumfahrt, die jedoch nicht die Lichtgeschwindigkeit überwunden hat. In den drei Romanen *Revelation Space* (2000, dt. als *Unendlichkeit*), *Redemption Ark* (2003, dt. als *Die Arche*) und *Absolution Gap* (2003, dt. als *Offenbarung*) sind die Protagonisten Angehörige einer über Lichtjahre verstreuten und durch Raum und Zeit getrennten Menschheit – Menschen können die Distanzen, die nicht nur räumlich und psychisch zwischen ihnen liegen, eigentlich nicht mehr überwinden. Reynolds führt seine Protagonisten als teilweise kaum noch menschenähnliche Symbionten aus organischen und mechanischen Teilen ein und versucht, sie dennoch als Figuren mit menschlichen Gefühlen und Zielen zu gestalten. Im Reynolds'schen Universum kommt die Bedrohung aus zwei Richtungen: die »Schmelzseuche« hat die nanotechnologischen Fähigkeiten der Zivilisation nahezu vollständig zerstört, und die Wölfe, unermesslich mächtige und zerstörerische Maschinen aus der Tiefe der Galaxie drohen jegliche interstellare Zivilisation zu vernichten. Die Folgen der extremen technologischen Manipulation des Menschen sind auch ein Thema von Justina Robsons *Natural History* (2003, dt. als *Die Verschmelzung*). Wie in M. John Harrisons düsterem Meisterwerk *Light* (2003, dt. als *Licht*) sind bei Robson (geb. 1968) Menschen vollständig mit der Technologie der Raumschiffe verbunden, um die Probleme zu meistern, die die interstellare Raumfahrt aufwirft.

Weltraumopern litten immer unter dem Ruf, zügellos und ausschweifend zu sein. Der *Night's Dawn*-Zyklus von Peter F. Hamilton (geb. 1960) repräsentiert ein zeitgenössisches Extrem dieser Eigenschaften. *The Reality Dysfunction* (1996, dt. in zwei Bänden als *Die unbekannte Macht* und *Fehlfunktion*), *The Neutronium Alchemist* (1997, dt. als *Seelengesänge* und *Der Neutronium Alchemist*) und *The Naked God* (1999, dt. als *Die Besessenen* und *Der nackte Gott*) erzählen auf mehr als 3000 Seiten unterhaltsam, mitreißend und nicht allzu sehr von postmoderner Selbstironie belastet vom Überlebenskampf der in einer wohlhabenden, pluralistischen galaktischen Zivilation lebenden Menschheit. Die Bedrohung kommt in der Gestalt der Seelen der Toten, die die Körper der Lebenden übernehmen und die Welt neu gestalten. In dem voluminösen *Pandora's Star* (2004) und dem Nachfolgeband *Judas Unchained* (2005) arbeitet Hamilton mit seinem bewährten und erfolgreichen Rezept weiter. Der hauptberuflich als Literaturwissenschaftler tätige Adam Roberts (geb. 1965) ist hingegen ein kühler, beobachtender Experimentator. In kompakten Romanen setzt er seine Protagonisten extremen oder zunächst völlig unerklärlichen Situationen aus und lässt den Leser distanziert dem Geschehen folgen. In *Stone* (2002, dt. als *Sternenstaub*) befindet sich der letzte existierende Gewaltverbrecher in einem angeblich absolut ausbruchsicheren Gefängnis im Innern eines Sternes. Er bekommt Hilfe von außen, flieht aus seinem Gefängnis und erhält den Auftrag, die gesamte Bevölkerung eines Planeten zu töten. Roberts erzählt, wie der Protagonist durch das All reist, um mögliche Verfolger abzuschütteln, wie er versucht seine Killerinstinkte wiederzuerwecken und sich gleichzeitig bemüht, die Gründe für das Massaker herauszufinden. Er erfüllt seinen Auftrag und erfährt, dass die in allen Menschen vorkommenden Nanomaschinen nach einem Planeten mit Millionen von gefriergetrockneten Toten trachteten, um an einer Stelle im besiedelten Universum ungestört von der Interferenz von menschlichen Gedanken eine erfüllte Existenz zu leben. In *Polystom* (2003) erschafft Roberts ein Universum, in dem sich die Atmosphäre in den interplanetarischen Raum erstreckt und die Menschen mit Luftschiffen und Flugzeugen zwischen den Planeten reisen. Im Verlauf der Handlung wird der Protagonist Polystom mit zunehmend merkwürdigen Ereignissen, wie zum Beispiel mit den Geistern von Verstorbenen, konfrontiert. Der Geist seines ermordeteten Onkels offenbart ihm, dass Polystoms Welt eigentlich die Computersimulation eines alternativen Kosmos ist. In Polystoms Perspektive ist es jedoch ebenso plausibel, dass die Welt der Geister und nicht die seinige das Produkt einer Simulation ist. Bis zum Ende bleibt offen, welches der beiden Universen real ist.

Die Vertreter der neuen britischen Weltraumoper (und einige wenige amerikanische Autoren) haben ein neues Panorama einer komplexen galaktischen Zukunft geschaffen: das Universum der Zukunft ist multikulturell und hat keine zentrale imperiale Autorität, keine interstellare Aristokratie, die über hörige Armeen und Raumschiffflotten verfügt; stattdessen sind die Protagonisten (ebenso häufig Männer wie Frauen) meist unangepasste Individualisten, die eigentlich nur auf persönlichen Gewinn aus sind, aber unfreiwillig zu Helden werden (wie etwa Han Solo in *Star Wars*); die Menschheit ist oft nur eine von vielen bereits ausgestorbenen und wahrscheinlich neu entstehenden intelligenten Arten im Universum – daher ist das Weltall, so etwa bei Alastair Reynolds, in Paul McAuleys *Eternal Light* (1991, dt. als *Ewiges Licht*) oder Harrisons *Light* ein Ort, der mit den Resten uralter Technologien untergegangener Kulturen übersät ist, deren

Neue Weltraumoper, »New Weird« und neue »harte« Science Fiction

Funktion meist ein Geheimnis bleibt; anders als in der klassischen Weltraumoper ist Wissenschaft nicht nur eine oberflächliche Rechtfertigung für einen neuen, weiten Schauplatz, sondern zeitgenössische Ideen aus der Kosmologie oder Theorien des Bewusstseins werden ernsthaft verhandelt. Singularitäten – punktuelle Ereignisse oder technische Durchbrüche, die die Geschichte des Universums in eine völlig neue und unvorhersehbare Richtung lenken – sind ein weiteres zentrales Thema vieler neuer Weltraumopern. Charles Stross (geb. 1964) beschreibt in *Singularity Sky* (2003, dt. als *Singularität*) und *Iron Sunrise* (2004, dt. als *Supernova*) ein Universum, das von einem Fleckenteppich menschlicher Kulturen besiedelt ist – im 21. Jahrhundert hatte eine künstliche Intelligenz unvorhergesehen eine Komplexitätsschwelle überschritten, wurde sich ihrer selbst bewußt und unermesslich machtvoll, und verstreute dann, um ihre eigene Existenz zu sichern, einen Großteil der Erdbevölkerung auf bewohnbar gemachten Planeten in der Galaxis. In Ken MacLeods *Newton's Wake* (2004) breiten sich gewöhnliche Menschen in einem von posthumanen Intelligenzen vorbereiteten Universum aus. Die Galaxie des Amerikaners Vernor Vinge (geb. 1944) ist in *A Fire Upon the Deep* (1991, dt. als *Ein Feuer auf der Tiefe*) und *A Deepness in the Sky* (1999, dt. als *Eine Tiefe am Himmel*) in verschiedene Zonen aufgeteilt, in denen Prozesse in verschiedenen Geschwindigkeiten ablaufen. Vinges Singularität – Reisen mit Überlichtgeschwindigkeit – ist nur in der äußersten Zone möglich.

In den USA vertreten Dan Simmons (geb. 1948) und John C. Wright (geb. 1961) die Erneuerung der dort nie ganz verschwundenen Weltraumoper. Simmons *Hyperion* (1989; Fortsetzung *The Fall of Hyperion*, 1990) ist eine rücksichtslose und unterhaltsame Kannibalisierung von SF-Traditionen. Sechs von sieben Pilgern vertreiben sich die Zeit auf ihrer langen Reise mit dem Erzählen ihrer Lebensgeschichten, um auf diese Weise die möglichen Gründe hinter ihrer erzwungenen Mission zu ergründen. So reproduziert die Geschichte des Priesters die viktorianischen Erzählungen über verlorene Völker, die Geschichte des Soldaten ist voller Anspielungen auf die Klischees der militärischen SF, und die Erzählung der Detektivin ist voller Anspielungen auf die Klischees des Cyberpunk. In *Ilium* (2003) greift Simmons wieder auf bewährte Erzählmuster zurück: die Geschichte spielt unter anderem in einer Zukunft, in der gottgleiche Wesen den Krieg um Troja auf dem Mars nachspielen. John C. Wrights Weltraumopern-Trilogie *The Golden Age* (2001), *Phoenix Exultant* (2003) und *The Golden Transcendence* (2003) überwältigt in einem barocken Stil in der Tradition A. E. van Vogts mit Darstellungen spekulativer Technologie in einer dekadenten, utopischen Gesellschaft der fernen Zukunft. *The Risen Empire* (2003) und *Killing of Worlds* (2003) von Scott Westerfeld ist temporeiche militärische Weltraumoper mit überzeugend gezeichneten Protagonisten.

Auch mehr traditionell ausgerichtete harte Science Fiction kann einige eindrucksvolle neue Talente vorweisen, vor allem den Australier Greg Egan (geb. 1961) und Ted Chiang (geb. 1967) aus den USA. Egan ist ein kompromissloser Vertreter der harten SF – ohne physikalische oder mathematische Vorbildung ist das Geschehen in seinen Romanen stellenweise kaum nachvollziehbar –, der die Reinheit der Mathematik und theoretischen Physik der körperlichen Erfahrung vorzieht. Egan brilliert vor allem in seinen Kurzgeschichten, z. B. gesammelt in *Luminous* (1998), während seine Romane, so vor allem *Distress* (1995, dt. als *Qual*), *Diaspora* (1997, dt. als *Diaspora*) oder *Schild's Ladder* (2002) unter einer flachen Charakterisierung der Protagonisten leiden. Der vor allem als Verfasser von Software-Handbüchern tätige Ted Chiang hat seit 1990 nur einige wenige Kurzgeschichten veröffentlicht – gesammelt in *Stories of Your Life* (2002) –, konnte aber mit fast jeder dieser durchweg eindrucksvollen Erzählungen angesehene Preise gewinnen. Sein Debüt »The Tower of Babel« (*Omni*, 1990) findet auf einem Schauplatz statt, für den das ptolemäische Weltbild gilt. Die Erbauer des Turmes von Babel versuchen, durch die kristalline Himmelswölbung hindurchzustoßen, um herauszufinden, was sich jenseits dieser Grenze befindet – nur um in einer ironischen topologischen Wendung die Erdoberfläche zu durchbrechen und an ihren Ausgangspunkt zurückzukehren. »The Seventy-Two Letters« (2000) schildert eine alternative Welt, in der die Zahlenmystik der Kabbala keine Magie, sondern Wissenschaft ist, und spielt durch, welche Technologien und gesellschaftlichen Strukturen sich unter solchen Bedingungen entwickeln.

Chris Moriaty (geb. 1968) sieht sich selbst als Vertreterin des selbstironisch benannten »chickpunk« – von Frauen verfasste, harte militärische Weltraumabenteuer im Geiste des Cyberpunk, die sich wenig um feministische oder anti-feministische Rhetorik und Theorie kümmert. Die Heldinnen der Bücher sind Hacker, Wissenschaftlerinnen oder Soldatinnen, Sexualität und »gender« sind wichtig für die persönliche Identität, aber dermaßen manipulier- und formbar, dass sie für die Vorhersage von Verhalten bedeutungslos werden. Moriatys Debüt *Spin State* (2004) repräsentiert exemplarisch all diese Eigenschaften. Moriaty nennt C. J. Cherryh (geb. 1942) mit *Downbelow Station* (1981, dt. als *Pells Stern*) und der *Cyteen*-Trilogie (1988–89) als Pionierin dieser Richtung. Weitere Autorinnen, die diesem Trend folgen, sind Catherine Asaro (geb. 1955), Julie Czernada (geb. 1955), Kathleen Ann Goonan (geb. 1952) oder Kay Kenyon.

2003 machte M. John Harrison einen neuen Trend aus, den er »New Weird« nannte, aber nicht wirklich definierte. Typische Eigenschaften des »New Weird« aber bestehen darin, dass Gattungsgrenzen überschritten werden, dass sich Science-Fiction-Elemente mit dem Fantastischen, Horror und dem Grotesken verbinden und gleichzeitig moralische und politische Komplexität Platz findet. Unter den historischen Vorbildern des »New Weird« sind unter anderen Mervyn Peake (1911–1968) mit seiner *Gormenghast*-Trilogie (1946–59), M. John Harrisons *Viriconium*-Zyklus (1971–1984) und Gene Wolfe. Peakes gothische Phantasie *Gormenghast* – deren Einfluss auch in der neuen

Neue Weltraumoper, »New Weird« und neue »harte« Science Fiction

Weltraumoper zu spüren ist – demonstriert genau wie Harrisons *Viriconium*-Bücher, dass die Fantasy der Nachkriegszeit sich nicht notwendigerweise wie Tolkiens *The Lord of the Rings* von der politischen Realität abwenden und eine ländliche Idylle als utopisches Ideal aufbauen muss. So reflektiert Peake nachdrücklich die Spannungen zwischen Tradition und Moderne – ein Thema, das im England der Nachkriegszeit mit seinem zerfallenden Imperium große Bedeutung hatte.

Der Brite China Miéville (geb. 1972) ist der unbestrittene »shooting star« des »New Weird«. Als bekennender Marxist versucht Miéville die Möglichkeiten der SF und der Fantasy zu nutzen, um die in einer neoliberalen Welt verkümmerte soziale Phantasie wiederzuerwecken. *Perdido Street Station* (2000, dt. zweibändig als *Die Falter* und *Der Weber*), *The Scar* (2001, dt. zweibändig als *Die Narbe* und *Leviathan*) und *The Iron Council* (2004, dt. als *Der eiserne Rat*) spielen in der imaginären Welt Bas-Lag, deren dominierende Stadt der autoritär regierte Moloch New Crobuzon ist. Miéville bevölkert diese Welt mit einer Fülle von skurrilen Lebewesen wie beispielsweise Kaktusmenschen, nomadischen Vogelwesen oder Wesen mit Frauenkörpern und Käferköpfen. In dieser Welt ist Zauberei möglich, Miéville meidet aber diesen Begriff und nennt es »Thaumaturgie« und befreit diesen Aspekt von den üblichen mittelalterlich-märchenhaften Klischees. Bas-Lag leidet noch unter den Folgen eines kosmischen Unfalls; eine Kollision mit einem andersdimensionalen Himmelskörper hat der Welt die so genannte Narbe zugefügt, in deren Einflussbereich die sonst üblichen Naturgesetze nicht gelten und seltsame, oft bösartige Wesen entstehen. Die Stadt New Crobuzon wird von einem Parlament regiert, Miéville schildert die Regierung als korrupt und machtgierig. Seine Aufmerksamkeit gilt vor allem den vielgestaltigen Subkulturen und Widerstandsgruppen und deren Unterschieden, Interaktionen und Konflikten. *Perdido Street Station* handelt von der Ausnutzung hypnotisch begabter Wesen, den Faltern, durch unterschiedliche Einwohnergruppen New Crobuzons. Schließlich geraten die Wesen außer Kontrolle und bedrohen die Existenz der gesamten Stadt. In *The Scar* kämpft eine schwimmende Stadt mit Piraterie gegen die Übermacht New Crobuzons. Einige einflussreiche Figuren spielen jedoch ihr ganz eigenes Spiel und beschwören ein sagenhaftes Ungeheuer herauf, um die schwimmende Stadt für ihre Interessen nutzen zu können. In *Iron Council* geht es um den Bau einer transkontinentalen Eisenbahn. Eine Gruppe von Gewerkschaftern, Anarchisten, befreiten Sklaven und Prostituierten entführt einen Zug, entflieht in Gebiete außerhalb des Einflusses von New Crobuzon und wird dadurch zum legendären Vorbild für alle Gegner des Regimes in der Metropole. Miéville mutet seinen Romanen – das gilt vor allem für *The Iron Council* – beträchtliche politische Aufgaben zu. Er diskutiert Fragen revolutionärer Gewalt, künstlerischer Avantgarde, der Massenagitation, des Rassismus, der Geschlechterverhältnisse und der Sexualität mit einem Nachdruck, der in der Literatur selten geworden ist. Miéville kritisiert die distanzierte Haltung des Marxismus zur phantastischen Literatur und behauptet, dass diese »die Absurdität der kapitalistischen Moderne abbildet«. Daher sei sie ein privilegierter Ort der politischen und kulturellen Kritik.

Veniss Underground (2003) von Jeff Vandermeer (geb. 1968) ist eine kurze, poetische und dichte urbane Phantasie über eine Welt, die von den makaberen Produkten einer unkontrollierten Gentechnologie überlaufen ist. Sein *City of Saints & Madmen: The Book of Ambergris* (1997, dt. als *Stadt der Heiligen & Verrückten*) ist eine thematische Sammlung von Stücken über die bizarren Bewohner der mythischen Stadt Ambra. Dieses Buch ist ein geistreiches und verspieltes Pastiche mit selbstreferenziellen Erzählungen, pseudowissenschaftlichen Abhandlungen, einer erfundenen Bibliographie und psychiatrischen Akten der städtischen Klinik.

Diese genreübergreifende Literatur des »New Weird« hat mit Miéville einen medienwirksamen Protagonisten, der in Großbritannien als einer der begabtesten Nachwuchsschriftsteller überhaupt anerkannt ist. Der Großteil der Literatur des »New Weird« blüht vor allem an den chaotischen und kreativen Rändern der Literaturszene auf. In Kleinverlagen (z. B. Small Beer Press oder Jeff Vandermeers Verlag Ministry of Whimsy), Spezialzeitschriften (*Lady Churchill's Rosebud Wristlet*), Anthologien (*Conjunctions 39*) oder Internetseiten (Fantastic Metropolis, Dark Planet) experimentieren Autoren mit den Grenzen verschiedener Genres und Kunstformen. Dieser lebendigen Szene der hybriden Literatur steht eine ernsthafte Krise der reinen Science-Fiction-Zeitschriften gegenüber: 2003 war das erste Jahr seit 1923, in dem es kein monatlich erscheinendes englischsprachiges Science-Fiction-Magazin gab. Die wichtigsten verbliebenen Zeitschriften sind *Analog*, das auf einen festen Kern von Anhängern harter SF vertrauen kann, *Asimov's Science Fiction*, *The Magazine of Fantasy & Science Fiction* und das britische *Interzone*, das viel zum Aufschwung der britischen SF in den achtziger und neunziger Jahren beigetragen hatte. Das Schicksal von *Interzone* ist exemplarisch: nach dem Rücktritt des Herausgebers David Pringle wurde die Zeitschrift von dem Verlag übernommen, der *The Third Alternative* – eine der wichtigsten britischen Zeitschriften des hybriden »New Weird« – herausgibt. Ob das von kritischem Lob überschüttete *Interzone* unter diesen Bedingungen sein Profil bewahren kann, bleibt abzuwarten.

Aber vielleicht ist ein pessimistischer Ausblick nicht gerechtfertigt. Literarische Ausdrucksformen, wirtschaftliche Randbedingungen, Publikationsformen, die Rolle der Technologie und der Naturwissenschaften im gesellschaftlichen Diskurs haben sich seit dem 19. Jahrhundert enorm gewandelt. Jetzt wiederholt sich jedoch eine Situation, wie sie auch am Ende des 19. Jahrhunderts auftrat. Die paraliterarischen Genres wie Science Fiction, Detektivgeschichten, Horror oder Western wurden damals in einer Gemengelage geboren, als neue Lesergruppen auf dem Markt auftauchten, neue Publikationswege sich öffneten und neue literarische Formen wie kurze Romane und Fortsetzungsgeschichten sich etablierten. H.G. Wells' Werke aus dem letzten Jahrzehnt des 19. Jahrhunderts sind exemplarisch für eine schöpferische und Genregrenzen nicht respektierende Ausnutzung dieser einzigartigen Möglichkeiten; Wells schrieb vorsichtige wissenschaftliche Extrapolationen, zügellosere gothische Phantasien, soziale Satiren und utopische Traktate. Die gegenwärtige Multiplikation von Ausdrucksformen und Publikationswegen stellt vielleicht eine Parallele zur Situation in den USA und Großbritannien des späten 19. Jahrhunderts dar, in der eine neue Literatur geboren wurde, die der technischen Moderne angepasst war. Gerade die so wandelbare Science Fiction hat sich immer als widerspenstig gegen eine Reduktion auf bestimmte Motive und Erzählformen erwiesen. Sie wird daher voraussichtlich auch die derzeitigen Umwälzungen überdauern und in neuen Formen weiterexistieren.

VERTIEFUNGEN

Hohlweltgeschichten

Als der bedeutende britische Naturphilosoph Edmond Halley (1656–1742) im Alter von achtzig Jahren für sein letztes Porträt Modell stand, hielt er in seiner rechten Hand eine von ihm vierzig Jahre zuvor erstellte Abbildung, welche seine Theorie der inneren magnetischen Struktur der Erde illustrierte. Halleys 1692 vorgestelltes magnetisches Modell der Erde beschrieb eine äußere, 500 Meilen dicke Kruste bestehend aus »Magnetischer Materie«, die drei innere Schalen umschließt, deren Durchmesser proportional zu den Umlaufbahnen von Venus, Mars und Merkur sind. Am Ende seines Arbeit macht Halley dann die ungewöhnliche Behauptung, die Räume zwischen diesen Schalen im Erdinnern seien bewohnt. Er führte nie aus, wie dieses Leben beschaffen sei, schlug aber später vor, dass die Bewohner von einem besonderen unterirdischen Licht am Leben erhalten würden, das manchmal entweiche und als Polarlicht sichtbar werden könne. Halleys Hypothese speiste sich aus der gleichen theologischen Gedankenwelt, die auch alle Planeten für bewohnt erklärte: Mit der hohlen Erde habe Gott Raum geschaffen für eine große Anzahl weiterer intelligenter Wesen, die ihn preisen können; auf diese Weise bleibe kein Teil seiner Schöpfung ungenutzt. Neben Halley hatten der Universalgelehrte Athanasius Kircher (1602–1680) in *Mundus Subterraneus* (1665) und der Geologe Thomas Burnet (ca. 1635–1715) in *The Sacred Theory of the Earth* (1691) über ausgedehnte Höhlen und Hohlräume in der Erde spekuliert. Die Vorstellung einer hohlen oder von bewohnbaren Höhlen durchlöcherten Erde ist seither ein marginales, aber dennoch dauerhaftes Thema spekulativer Fiktion und häretischer Wissenschaft geblieben.

Niels Klim stürzt in das Innere der Erde

Der im norwegischen Bergen geborene und wegen seiner satirischen Theaterstücke als »Molière des Nordens« bekannte Ludvig Holberg (1684–1754) ist auch der Autor eines der meistverkauften phantastischen Reiseromane des 18. Jahrhunderts: *Nicolai Klimii iter subterraneum* (1741, dt. erstmals 1750 als *Nicolai Klim's unterirdische Reise*, später wurde *Nicolai* im Titel durch *Niels* ersetzt). Holberg erzählt die Geschichte Niels Klims, der während der Erkundung einer Höhle zum Mittelpunkt der Erde fällt, wo ein einzelner Planet namens Nazar um eine unterirdische Sonne kreist. Neben dem Land Potu, in dem er zuerst landet, existieren 27 weitere Provinzen auf Nazar. *Niels Klim* nutzt die übliche Strategie des utopischen Romans, die Realität der Welt des Autors mit einer idealen Gesellschaft zu konfrontieren. Darüber hinaus geben die vielen Provinzen Holberg die Gelegenheit, alternative utopische Ideale darzustellen und zu kritisieren: so ist beispielsweise im Land Quamso jeder glücklich, gesund und gelangweilt, während im »Land der Freiheit« ein Krieg aller gegen alle herrscht. Es ist immer noch nicht geklärt, woher Holbergs Idee einer hohlen Erde stammt, denn für seine vollständig hohle Erde ist kein Vorbild bekannt.

Ein nahezu völlig vergessenes Werk ist das anonyme *Voyage to the World in the Center of the Earth* (1755). Hier fällt der Erzähler bei der Erkundung des Vesuv auf eine Welt im Erdinnern, in der eine einzige ideale Gesellschaft heimisch ist. Diese Welt wird nicht von einer Sonne erleuchtet, sondern von Juwelen aller Größen und Farben, die in der Innenseite der äußeren Erdkruste stecken. In den folgenden Jahrzehnten erschienen vereinzelte Werke wie *L'aventurier françois* (1781) von Robert-Martin Lesuir (1737–1815), in der nur ein kleiner Teil in der unterirdischen Heimat eines Zwergenvolkes spielt, oder *L'Icosameron* (1788) von Giacomo Casanova (1725–1798). In Casanovas utopischem Roman leben die Bewohner des Erdinnern auf der Innenseite der Erdkruste, und im Zentrum des Hohlraumes befindet sich eine Sonne.

Der amerikanische Offizier John Cleves Symmes (1780–1829) sorgte im 19. Jahrhundert mit zahllosen Pamphleten und Vorlesungen für eine Renaissance der Hohlweltvorstellungen. Symmes behauptete, die Erde bestehe aus fünf konzentrischen Kugeln, die an den

Polen geöffnet und daher von dort zugänglich seien. Seine Ideen wurden von James McBride in *Symmes' Theory of Concentric Spheres* (1826) popularisiert. In Romanform gebracht wurden Symmes' Ideen beispielsweise von Adam Seaborn, einem pseudonymen und immer noch unbekannten Autor, in dem utopischen Roman *Symzonia: A Voyage of Discovery* (1820), von William Bredshaw in *The Godess of Aratabar* (1892) und von John Ori Lloyd (1849–1936) in *Etidorpha* (1895). Edgar Allen Poes Erzählungen »The Narrative of Arthur Gordon Pym« (1838, dt. als »Die Erlebnisse des Arthur Gordon Pym«) und »The Unparalleled Adventure of one Hans Pfaall« (1835, dt. als »Das unvergleichliche Abenteuer eines gewissen Hans Pfaal«) enthalten mehrere Anspielungen auf Symmes und seine Theorien. Edgar Rice Burroughs ließ seine von Symmes' Theorien inspirierten *Pellucidar*-Romanzen (1914–44) in einem zeitlosen Erdinnern mit Dinosauriern und Urmenschen spielen, und Mary Lane, über die keinerlei biographische Informationen bekannt sind, siedelte in *Mizoria* (1890) im Erdinneren ein feministisches und eugenisches Utopia an.

Die bekannteste Hohlweltgeschichte bleibt natürlich Jules Vernes *Voyage au centre de la terre*. Erwähnenswert ist auch *The Coming Race* (1871, dt. *Das kommende Geschlecht*) des Briten Edward Bulwer-Lytton (1803–1873) – Verfasser historischer Romane wie *The Last Days of Pompeii* (1834) und *Rienzi* (1835). Bei Bulwer-Lytton ist das Erdinnere von einer hochentwickelten Lebensform besiedelt, den Vril-ya, die ihre geistigen, telepathischen und körperlichen Kräfte aus »Vril«, einer elektromagnetischen Energieform, gewinnen. Die Vorstellung eines darwinistischen Kampfes der Rassen ist ein wichtiger Baustein des Romans: die Vril-ya sind den anderen unterirdischen Rassen überlegen, und es ist nur eine Frage der Zeit, bis sie an die Erdoberfläche kommen und die Menschen ausrotten werden.

Eine besondere Version der Hohlwelttheorie wurde auch in die erfolgreiche deutsche Vorkriegs-Heftserie *Sun Koh* (1933–1936) aufgenommen, die von Paul Alfred Müller (1901–1970) unter dem Pseudonym Lok Myler verfasst wurde. Der Serienheld erlebt in aller Welt phantastische Abenteuer, die um Hologramm-Projektionen, Telepathie, Raumfahrt, die Vorgeschichte der Menschheit, das Geheimnis des untergegangenen Kontinents Atlantis und auch um die Hohlwelttheorie kreisen. 1939 schrieb Müller den Hohlweltroman *Und sie bewegt sich doch nicht*. Müller vertrat die Theorie des Amerikaners Cyrus Teed alias Koresh (1839–1908), der behauptete, dass die innere Oberfläche der Erde bewohnt ist. Das gesamte Universum mit Planeten, Kometen und Sternen befindet sich auch im Innern dieser Kugel. Müller wandte sich erst 1957 nach dem erfolgreichen Start von Sputnik von dieser Theorie ab. Selbst in der Gegenwart tauchen ab und zu Hohlweltgeschichten auf, so zum Beispiel Richard Lupoffs *Circumpolar!* (1984, dt. als *Zirkumpolar*), Rudy Ruckers *The Hollow Earth* (1990, dt. als *Hohlwelt*) oder James Rollins' klischeehaftes *Subterranean* (1999, dt. als *Sub Terra*). Bevor die Raumfahrt auch nur entfernt möglich erschien, war das Innere der Erde genau wie ferne Inseln ein willkommener Schauplatz für utopische Entwürfe – von ganz wenigen Ausnahmen abgesehen, glaubte keiner der Autoren, dass das Erdinnere tatsächlich hohl und bewohnt sei. Moderne Hohlweltgeschichten sind oft nur nostalgische Evokationen dieser Tradition.

Die britische »scientific romance«

H. G. Wells war nicht der erste und auch nicht der letzte Autor, der im Großbritannien des späten 19. und frühen 20. Jahrhunderts Fiktion und Wissenschaft miteinander verband. *Scientific Romances* (1886, dt. als *Wissenschaftliche Erzählungen*) war der Titel eines Sammelbandes von Charles Howard Hinton (1853–1907), in dem er gestelzte fiktionale Texte mit spielerischen Spekulationen über die vierte Dimension der Zeit vereinte. Hinton fand Inspiration für seine Stücke unter anderem in Edwin Abbots exzentrischem *Flatland* (1884, dt. als *Flächenland*), in dem die Zustände in einer zweidimensionalen Welt

Die britische »scientific romance«

E. Douglas Fawcett (1866–1960) ließ in *Hartmann the Anarchist* (1893) in der nahen Zukunft London von Luftschiffen aus bombardieren.

geschildert werden. Besonders populär waren beim Publikum aber nicht solche mathematischen Spielereien, sondern Phantasien über die Kriegführung der Zukunft. George T. Chesneys Erzählung »The Battle of Dorking« (1873) schildert eine Invasion preußischer Truppen und die Niederlage der technisch und materiell unterlegenen Briten. Der Offizier Chesney (1830–1895) initiierte mit seiner warnenden Erzählung eine wahre Flut von Geschichten über Kriege in der nahen Zukunft und wie diese durch Flugmaschinen, Unterseeboote, Bomben und andere technische Entwicklungen zu reinem Blutvergießen transformiert werden.

H.G. Wells übte sich auch in diesem Genre der »future war story«, doch bedeutsamer für Wells' Programm war der gebürtige Kanadier Grant Allen (1848–1899). In *Strange Stories* (1884) oder *The British Barbarians* (1895) benutzte Allen Fiktion als Vehikel für die Verbreitung der synthetischen Philosophie Herbert Spencers, der alle Phänomene innerhalb eines evolutionären Entwicklungsschemas erklären wollte: die Entwicklung des Lebens, des Wissens oder von Gesellschaften verliefen laut Spencer zielgerichtet und notwendig immer vom Einfachen zum Komplexen. Als Folge der Aktivität von Autoren wie Hinton, Abbot, Allen und Wells war es am Ende des 19. Jahrhunderts selbstverständlich geworden, Wissenschaft und Fiktion zu vereinen.

Neben Wells waren unter anderem George Griffith (1857–1906), M.P. Shiel (1865–1947), Arthur Conan Doyle (1859–1930), J.D. Beresford (1873–1947) und später Olaf Stapledon (1886–1950) Hauptvertreter der »scientific romance«. Griffith war zeitweise als Autor von Kriegsphantasien bekannt, die er für den neuen, expandierenden Zeitschriftenmarkt produzierte. 1899 wechselte er die Thematik und schickte in *Honeymoon in Space* ein frischvermähltes Paar in ein nach Spencerschen Prinzipien organisiertes Sonnensystem. *The Purple Cloud* (1901, dt. als *Die purpurne Wolke*) gilt als bestes Werk von M.P. Shiel. Es handelt sich dabei um eine theologisch-wissenschaftliche »romance«, eine apokalyptische Erzählung über einen neuen Adam und eine neue Eva. Arthur Conan Doyles historische Romane sowie seine wissenschaftlichen und phantastischen Werke stehen heute im Schatten der Sherlock-Holmes-Geschichten. Immer noch ungemein unterhaltsam ist jedoch das in einem selbstironischen Ton verfaßte *The Lost World*. Professor Challenger und seine Begleiter entdecken in Südamerika ein isoliertes Plateau, auf dem eine Tierwelt mit Dinosauriern und Affenmenschen überleben konnte. Dies war nicht die erste Geschichte, die das Thema einer prähistorischen Reliktfauna aufnahm, doch *The Lost World* beeinflusste die Darstellung dieses populären Stoffs bis in die Gegenwart. *The Hampdenshire Wonder* (1911) von J.D. Beresford ist neben Wells' Klassikern einer der großen »scientific romances«. Der Roman schildert die tragische Geschichte eines Kindes, das eine höhere evolutionäre Stufe der intellektuellen Entwicklung erreicht hat und verspricht, die Grenzen des menschlichen Verstandes endgültig aufzuheben. Ein Meister der kosmischen Perspektive ist Olaf Stapledon. In *Last and First Men* (1930, dt. als *Die letzten und die ersten Menschen*) schildert er die unterschiedlichen Menschheiten, die sich erst auf der Erde ausbreiten und dann auf die Venus umsiedeln. In zwei Milliarden Jahren zählt er achtzehn Formen der Menschheit. In *Star Maker* (1937, dt. als *Der Sternenmacher* bzw. *Der Sternenschöpfer*) greift Stapledon noch weiter aus. In der Vision dieses Werkes ist die Menschheit nur noch ein unbedeutender Fleck in einer Abfolge von Universen, die von belebten Nebeln und gallertartigen Wolken mit Gruppenbewusstsein bevölkert sind.

Eine solche biologische und kosmische evolutionäre Perspektive ist typisch für die britische »scientific romance«; was bei Stapledon zügellos klingt, hatte aber ein wissenschaftliches Fundament. 1927 veröffentlichte der Mathematiker und Evolutionsbiologe J.B.S. Haldane (1892–1964) den Essay *The Last Judgment*. Haldane beschreibt ein Szenario, wie die Menschheit in der fernen Zukunft die Zerstörung der Erde überleben kann, indem sie auf die Venus und schließlich auf den Jupiter auswandert. Jede Wanderung macht eine nach physiologischen Prinzipien geplante Anpassung des menschlichen Körpers notwendig. Haldane endet sein Essay mit der Vermutung, dass, falls der biotechnischen Selbstmodifikation des Menschen keine Grenzen gesetzt sind, seine Ausbreitung nicht auf unser Sonnensystem beschränkt bleiben wird. Für die »scientific romance« sind solche Visionen wichtiger als die für die amerikanische Pulp-Tradition so charakteristischen Erfinder-Helden, die die Grenzen der nutzbringenden Technologie erweitern. Im Vergleich zu den amerikanischen Magazinen herrscht in der britischen Tradition ein in der Regel pessimistischer oder melancholischer Ton vor: der Mensch und eine bewohnbare Erde sind nur eine kurze Episode in einem großen evolutionären und kosmischen Plan. Die alltäglichen privaten und politischen Sorgen der Erdenbewohner haben langfristig keine Bedeutung und sind letztendlich sinnlos.

Raketenpioniere und die Science Fiction

Die Entwicklung der Raketentechnologie ist ein Bereich, in dem Amateure, Ingenieure, Wissenschaftler und SF-Autoren eine gemeinsame Vision verfolgten. Der erste Plan für eine von flüssigem Treibstoff angetriebene Rakete stammte von dem Russen Konstantin Ziolkowski (1857–1935) und sollte die Gefahr der drohenden Überbevölkerung der Erde bannen. Seine 1886 geschriebene, aber erst 1903 veröffentlichte Arbeit *Die Erforschung des Weltraums durch Flüssigkeitsraketen* blieb zunächst jedoch unbeachtet. 1919 schlug der Amerikaner Robert H. Goddard (1882–1945) in einer schmalen Monographie vor, einen Raketenantrieb zu nutzen, um extreme Höhen zu erreichen. Goddard beließ es nicht bei theoretischen Spekulationen; am 16. März 1926 ließ er in Auburn (Massachusetts) die erste Flüssigkeitsrakete starten. 1929 folgte ein schwerer Rückschlag: Eine seiner Versuchsraketen stürzte ab und verursachte ein Großfeuer; Goddard durfte in Massachusetts keine Tests mehr durchführen und wurde zum Spott der Presse. Er zog nach New Mexico um, erhielt finanzielle Förderung durch den Flugpionier Charles Lindbergh und setzte in der kaum besiedelten Wüste seine Forschungen fort.

Die Vorstellung, Raketen ins All zu schicken, schien vielen Menschen zu phantastisch. Enthusiasten ließen sich von dieser Skepsis allerdings nicht abschrecken. Seit Mitte der zwanziger Jahre kam es zur Gründung von Vereinen, die sich der Förderung des Raketenbaus und der Raumfahrt verschrieben. Im deutschprachigen Raum war der 1927 in Breslau gegründete Verein für Raumschiffahrt (VfR) ein Sammelbecken und Treffpunkt für viele bedeutende Raumfahrtenthusiasten und Raketenpioniere. Ende des Jahres 1929 zog der VfR nach Berlin-Tegel um, wo ein Raketenflugplatz eingerichtet wurde. Der später in die USA ausgewanderte Willy Ley war eines der Gründungsmitglieder des Vereins, später stieß Wernher von Braun (1912–1977) hinzu, und ab 1930 war Hermann Oberth (1894–1989) der 1. Vorsitzende. In Berlin entwickelten die Forscher die Raketen Mirak (Minimumraketen) 1 bis 3 und Repulsor. Zu den Erfolgen gehörte das Erreichen einer Flughöhe von über 1000 Metern. Da die Forscher immer auf der Suche nach Geldgebern waren, kam es ab 1932 zu ersten Kontakten zur Wehrmacht. Trotz einer missglückten Vorführung war man dort beeindruckt und rekrutierte viele der Vereinsmitglieder als zivile Mitarbeiter für die Entwicklungseinrichtungen in Kummersdorf und später Peenemünde. Die Enthusiasten anderer Länder ließen nicht auf sich warten. 1930 wurde in den USA die »American Interplanetary Society« (später »American Rocket Society«), 1933 die »British Interplanetary Society« (BIS) gegründet, später Vereine in Frankreich, der Sowjetunion und vielen anderen Ländern.

Die marginalisierte Position der frühen Raketenforschung führte dazu, dass viele Aktive ein Doppelleben als Entwickler und Propagandisten, Berater und Autoren führten. Um Interesse an seinen nicht beachteten wissenschaftlichen Arbeiten zu wecken, veröffentlichte beispielsweise Konstantin Ziolkowski einige literarische Texte – die allerdings auch keine Aufmerksamkeit fanden. So verfasste er 1896 den erst 1920 erschienenen Zukunftsroman *Vne Zemli* (dt. 1977 als *Außerhalb der Erde*), in dem die Raketentechnik dazu dient, die Möglichkeit von Raumstationen zu erkunden. Hermann Oberth war als Berater bei den Dreharbeiten von Fritz Langs *Die Frau im Mond* (1929) tätig. Ursprünglich war geplant, dass die UFA die Konstruktion einer Rakete unterstützt, die dann zur Premiere des Films aufsteigen sollte. Otto Willi Gail (1896–1956) machte mit seinem Roman *Der Schuss ins All* (1925, als *The Shot Into Infinity* im Herbst 1929 in Gernsbacks

Wonder Stories Quarterly eschienen) Werbung für die Raumfahrt. Gails Mondrakete Geryon war eine dreistufige Rakete, genau wie es später Apollo 11 sein sollte. G. Edwards Pendray (1901–1987), Konstrukteur der ersten Flüssigkeitsrakete für die »American Rocket Society«, schrieb 1930 / 31 drei lange Geschichten für *Wonder Stories*. In der gleichen Zeitschrift erschienen auch ein Dutzend Geschichten von Laurence Manning, einem der Begründer der amerikanischen Vereinigung. P. E. Cleator (1908–1994), Gründer und Präsident der »British Interplanetary Society«, verfasste normalerweise Sachbücher, aber mit »Martian Madness« (*Wonder Stories*, März 1934) machte er einen Exkurs in die Fiktion. Und dann darf natürlich Arthur C. Clarke nicht vergessen werden, der vor dem 2. Weltkrieg ein führendes Mitglied der »British Interplanetary Society« war und ihr in der Nachkriegszeit als Präsident diente.

Die klassische Weltraumoper

Der Begriff »space opera«, Weltraumoper, wurde 1941 von Wilson Tucker (geb. 1914) geprägt. Tucker verglich einen bestimmten Typus von SF-Geschichten mit »Pferdeopern«, die im Wilden Westen spielen, und den bekannten »Seifenopern« – also Formen von Erzählungen, die mit Klischees das Bedürfnis nach Spannung, Sensation oder Romantik bedienen, und die sich aufgrund ihres formelhaften Charakters häufig zu endlosen Serien ausbauen ließen. Weltraumopern haben viele Themen und Stilelemente mit nautischer Literatur gemeinsam: ein Raumschiff, oft mit einem heldenhaften Kapitän, ist selbstverständlich ein Muss, Geheimnisvolles und Gefährliches geschieht auf den langen interstellaren Reisen, auf den besuchten Planeten wimmelt es von Außerirdischen, und Konflikte mit ihnen werden oft mit Gewalt gelöst. Das Sonnensystem und der Rest des Universums waren als Schauplatz noch neu, und die Pulpautoren bedienten sich gerne bei anderen Genres wie Western und Seefahrtgeschichten, die auch Grenzen und ihre Überwindung zum Thema hatten. Die Krönung dieses goldenen Zeit der Weltraumoper ist E. E. Smiths *Lensmen*-Serie (als Bücher 1948–54), die den Kampf der Völker zweier kollidierender Galaxien schildert und deren Einfluss bis zu *Star Wars* verfolgt werden kann. Neben E. E. Smith, dem jungen John W. Campbell und Jack Williamson war Edmond Hamilton der Meister der frühen Weltraumoper – wegen seiner Vorliebe für planetarische Katastrophen oder Rettungsaktionen gerne »Weltenretter« oder »Weltenzerstörer« genannt. Hamilton war auch hauptverantwortlich für *Captain Future* (17 Ausgaben 1940–44), eine Pulp-Zeitschrift, die die populären Geschichten um Superhelden wie Doc Savage in den Weltraum verlegte. Curt Newton alias Captain Future und seine drei Assistenten – der Roboter Grag, der Android Otho und Simon Wright, das personifizierte Gehirn – bekämpften meist außerirdische Übel. In den fünfziger Jahren kehrte jedoch ein nüchterner Ton ein: Eine Erkundung und Besiedelung des Weltraumes erschien nun realistisch, und die Extravaganz der frühen Weltraumoper war Autoren wie Clarke, Heinlein und Asimov wohl eher peinlich. Arthur C. Clarke versuchte in seinen frühen, unter einem hölzernen Stil leidenden Romanen wie *Prelude to Space* (1951, dt. als *Aufbruch zu den Sternen*), *The Sands of Mars* (1951), *Islands in the Sky* (1953) oder *Earthlight* (1955, dt. als *Erdlicht*) realistische Darstellungen der Raumfahrt und Extrapolation in die Zukunft in Balance zu halten.

»Ruritanische Weltraumopern« (Gary Westfahl) sind eine Version der Untergattung, die sich von den technischen Machbarkeitsstudien im Stile Clarkes abwendet und ein besiedeltes und kulturell diverses Weltall als gegeben annimmt. »Ruritanien« dient in Literatur und Film als generische Bezeichnung für imaginäre Königreiche – ursprünglich meist deutschsprachig, katholisch und absolutistisch regiert –, die als Schauplatz für Romanzen, Intrigen und Abenteuer entworfen wurden. Nachdem zwischen 1930 und 1960 das Universum von mutigen Pionieren erschlossen worden war, hatten sich in der SF der sechziger Jahre dort eigenständige Staaten, Imperien usw. – häufig mit den politischen und sozialen Eigenschaften Ruritaniens – etabliert und es gab Bedarf für eine neue Art von Helden. Eloquenz und Verhandlungsgeschick wurden wichtiger als »superscience« und Waffen. Beispielhaft für diese Entwicklung sind Werke von Jack Vance (geb. 1916) wie *Big Planet* (1957, dt. als *Planet der Ausgestoßenen*), *The Blue World* (1966, dt. als *Der Azurne Planet*), *Emphyrio* (1969) oder seine *Planet of Adventure*-Serie (1968–70), *Ensign Flandry* (1966) von Poul Anderson (1926–2001) oder die Serie um den interstellaren Diplomaten Jaime Retief von Keith Laumer (1925–1993). Ärzte wurden ein weiterer beliebter Berufszweig: besonders hervorzuheben sind dabei die Erzählungen des Nordiren James White über »Sector Twelve General Hospital« und Murray Leinsters »MedShip«-Geschichten (1957–1963). Weltraumopern boten auch Gelegenheit für Satiren über SF und ihre Themen. Jack Vance schrieb ein Buch mit dem Titel *Space Opera* (1965, dt. als *Weltraum-Oper*) über eine reisende Operntruppe, und Harry Harrison karikierte die Untergattung und ihre Helden mit *The Stainless Steel Rat* (1961, dt. als *Stahlratte zeigt die Zähne*) und *Bill, the Galactic Hero* (1965, dt. als *Der unglaubliche Beginn*). Der Höhepunkt der satirischen Weltraumoper ist *A Hitchhiker's Guide to the Galaxy* (1979–1982, dt. als *Per Anhalter durch die Galaxis*) von Douglas Adams (1952–2001).

Weltraumopern initiierten auch den Übergang der SF in andere Medien. Die Comics *Buck Rogers* (1929–1967) und *Flash Gordon* (seit 1934), nahmen Erzählelemente aus ihnen auf. Das Gleiche gilt für frühe Fernsehserien wie *Captain Video* (1946–56) und *Tom Corbett, Space Cadet* (1950–55). Die Abenteuer des Raumschiffs Enterprise und ihrer Nachfolger im *Star Trek*-Universum nehmen ab 1966 wieder klassische Themen der Weltraumopern auf: riesige Raumschiffe, Weltraumschlachten, zahlreiche Arten von außerirdischen Wesen oder das typisch US-amerikanische Thema der Grenze zum Unbekannten, die überschritten werden muss.

Okkultismus, Scheinwissenschaft und Science Fiction

Arthur Clarke behauptete einmal, dass jegliche Technologie der fernen Zukunft für einen Beobachter aus unserer Zeit kaum von Magie zu unterscheiden sein dürfte; Carl du Prel (1839–1899), der bedeutendste Theoretiker des deutschen Okkultismus im 19. Jahrhundert, schrieb: »Magie ist unbekannte Naturwissenschaft.« Diese beiden Behauptungen sind symptomatisch für zwei Aspekte der Science Fiction: Zum einen ist es ungemein schwierig zu bestimmen, was Wissenschaft war, ist und in der Zukunft sein wird, und zum anderen ist es wenig verwunderlich, dass Science Fiction sich nie an einen Kanon anerkannter Wissenschaft zu halten vermochte und immer von unorthodoxer Wissenschaft fasziniert war – die Suche nach einem »Novum« führt oft weit weg von den ausgetretenen Pfaden.

Wissenschaft und Schein- oder Pseudo-Wissenschaft voneinander abzugrenzen ist ungemein schwierig, denn »Wissenschaft« ist kein einheitliches Gebilde; die Definition von Wissenschaft ist flexibel, historisch wandelbar und immer kontrovers. So führen manche Wissenschaftsphilosophen die Falsifizierbarkeit von Hypothesen als ein Kriterium der Wissenschaftlichkeit an. Streng genommen muss dann allerdings die Astrologie als Anwärter auf Wissenschaftlichkeit gelten, da ihre Vorhersagen falsifizierbar sind. Darüber hinaus gibt es innerhalb der Pseudowissenschaften interne Versuche der Abgrenzung. So wird zum Beispiel im Spiritismus zwischen so genannter »psychischer Forschung« (heute meist als Parapsychologie bezeichnet), die sich die Methodik der anerkannten Naturwissenschaften zu Eigen macht, um Telepathie oder Kommunikation mit Geistern nachzuweisen, und Denkweisen, die diese Orientierung an den Konventionen der Naturwissenschaft als einengend ablehnen, unterschieden. Der Status von Disziplinen wie der Parapsychologie, die unorthodoxe Phänomene mit konventionellen Methoden untersucht, war und bleibt umstritten.

Okkultismus, Scheinwissenschaft und Science Fiction

Vor allem der Spiritismus mit all seinen späteren Verzweigungen und Weiterentwicklungen hat sich auf die Science Fiction und ihre Vorläufer ausgewirkt. In ihrer Frühzeit, in der zweiten Hälfte des 19. Jahrhunderts, ging diese Lehre mit dem Reinkarnationsdenken und Vorstellungen von einer Mehrzahl der bewohnten Welten eine Allianz ein. Der französische Autor Camille Flammarion (1842–1925) war der einflußreichste Vertreter dieser Richtung. Flammarion war von 1862 bis zu seinem Tode der erfolgreichste Popularisierer der Astronomie in Europa. Er beschränkte sich allerdings nicht auf nüchterne Wissenschaft. Als bekennender Spiritist erwähnte Flammarion in seinen Werken immer die Möglichkeit, dass die Seelen der Toten auf anderen Planeten in neuen Körpern wiederauferstehen werden. Er verband diese Ideen mit kühnen Spekulationen über die Formen, die Lebewesen auf den anderen Planeten des Sonnensystems annehmen müssen, um dort überleben zu können. In *Stella* (1877), *Lumen* (1887) und *Uranie* (1889) verarbeitete Flammarion Kommunikation mit Geistern, Reinkarnation und die Mehrzahl der Welten in Romanform. Auch *The Martians* (1897) des aus Frankreich stammenden Briten George du Maurier (1834–1896) verbindet okkulte Ideen mit außerirdischen Wesen. Ein von Selbstmordphantasien geplagter Schriftsteller wird von einer Frau vom Mars geheilt. Wie alle Marsbewohner stammt auch sie von seehundähnlichen Wesen ab und hat die Fähigkeit, andere Körper zu bewohnen und dann, wie im Falle des Schriftstellers, als Schutzengel zu wirken. Die Wanderung der Seelen der Verstorbenen zum Mars wurde schon 1873 von Mortimer Collins (1827–1876) in *Transmigration* zum Thema gemacht.

Am Ende des 19. Jahrhunderts kam der Spiritismus aus der Mode und wurde von neuen Bewegungen abgelöst. Ein Zweig entwickelte sich zur Theosophie und schließlich zur New-Age-Bewegung, deren Interesse an Außerirdischen sich in der Beschäftigung mit UFOs und dem Channeling ausdrückt. Die sich an den anerkannten Naturwissenschaften orientierende psychische Forschung versuchte nicht

Okkultismus, Scheinwissenschaft und Science Fiction

mehr die Existenz von Geistern zu beweisen, sondern begann verstärkt die veränderten Bewusstseinszustände wie Trance und Hypnose zu untersuchen. Solche Zustände waren angeblich oft mit einer erhöhten Empfindlichkeit bestimmter Sinne oder der Aktivierung ganz neuer Sinneskanäle verbunden. Diese »extra-sensorische Wahrnehmung« (extra-sensory perception, ESP) – ein Beispiel ist die Telepathie, das »Lesen« des Bewusstseins anderer Personen – konnte im frühen 20. Jahrhundert verstärkt akademisches Interesse auf sich ziehen. An der Duke University richtete J. B. Rhine (1895–1980) ein Labor zur Untersuchung parapsychologischer Phänomene ein. An dieser Universität absolvierte John Campbell sein Physik-Studium und war eine Versuchsperson in Rhines Labor. Campbell und eine Reihe seiner Mitstreiter waren in der Folge verantwortlich für eine dauerhafte Präsenz unorthodoxer Wissenschaft in der Science Fiction, die in den fünfziger Jahren einen Höhepunkt erlebte. In *Astounding* entwickelten Campbells Autoren ein Thema weiter, das schon britische Autoren wie Olaf Stapledon in *Last and First Men* (1930) oder *Odd John* (1935, dt. als *Die Insel der Mutanten*) und J. D. Beresford in *The Hampdenshire Wonder* (1911) beschäftigt hatte: ESP ist womöglich der nächste Schritt in der Evolution des Menschen. Das Thema des mit ESP-Fähigkeiten ausgestatteten »superman«, der gegen die Verfolgung durch die Normalsterblichen ankämpfen muss, wurde von A. E. van Vogts »Slan« (1940) in *Astounding* etabliert und unter anderem von Henry Kuttner (1914–1958) in *Mutant* (1953) fortgesetzt. Nach dem Ende des 2. Weltkrieges war Campbell für einen wahren Boom unorthodoxer Themen in der SF verantwortlich. Wichtige Produkte dieses Booms sind *Jack the Eagle* bzw. *ESP-er* (1952, dt. als *Der PSI-Mann*) von James Blish, *Wild Talent* (1954, dt. als *Geheimwaffe Mensch*) von Wilson Tucker oder *The Power* (1956, dt. als *Die gnadenlose Macht* bzw. *Die lautlose Macht*) von Frank M. Robinson (geb. 1926). Campbell und A. E. van Vogt waren auch Verfechter von L. Ron Hubbards dianetischer Lehre, die die Erreichung erhöhter geistiger

Leistungskraft versprach. Campbells Eifer machte nicht vor ESP und der Neugestaltung des menschlichen Geistes Halt; er zeichnete sich als engagierter Fürsprecher des Dean-Antriebes aus – eine Art Perpetuum mobile für die Raumfahrt – und setzte sich für die »psionische« Hieronymus-Maschine ein.

Telepathie und ESP sind trotz ihrer Herkunft aus der kontroversen »psychischen Wissenschaft« des späten 19. Jahrhunderts und des Abflauens des ESP-Booms dauerhafte Motive der SF geblieben: *The Witches of Karres* (1949, dt als *Die Hexen von Karres*) und die *Telzey Amberdon*-Serie (1964–1975) von James H. Schmitz (1911–1981), Alfred Besters *The Demolished Man* (1953), Theodore Sturgeons *More than Human* (1953, dt. als *Baby ist drei*), *Childhood's End* (1953) von Arthur C. Clarke, *Patternmaster* (1976, dt. als *Als der Seelenmeister starb*) und *Mind of My Mind* (1977, dt. als *Der Seelenplan*) von Octavia Butler (geb. 1947), Robert Silverbergs *Dying Inside* (1972, dt. als *Es stirbt in mir*), Pamela Sargents *Watchstar* (1980) oder Paul McAuleys *Eternal Light* (1991) – dies ist nur eine kleine Auswahl von Werken der SF, in denen Telepathie oft nicht nur am Rande vorkommt. In der *Darkover*-Reihe (1962–1999) von Marion Zimmer Bradley (1930–1999) und den *Pern*- und *Pegasus*-Reihen (seit 1968 bzw. 1973) von Ann McCaffrey (geb. 1926) ist Telepathie gar ein zentrales Plot-Element (diese Reihen können allerdings auch als »science fantasy« mit einem geringen wissenschaftlichen Anspruch kategorisiert werden).

Science Fiction kopiert nicht die Methodik der Naturwissenschaften. Sie orientiert sich an ihrer Sprache – ein Novum wird meist nur mit der Rhetorik der Wissenschaft gerechtfertigt: Die Protagonisten der Erzählung handeln so, als hätten Phänomene, die aus der Perspektive des Lesers möglicherweise im höchsten Grade unorthodox sind, eine rationale Erklärung. Diese Erzählstrategie sorgt dafür, dass zahllose kontroverse wissenschaftliche Phänomene einen dauerhaften Platz in der Science Fiction gefunden haben.

»Harte« Science Fiction

»Harte« Science Fiction ist eine Untergattung, die sich nur mit großen Schwierigkeiten abgrenzen ließ und lässt. Denn anders als Cyberpunk oder feministische SF entstand harte SF nicht als bewusste ästhetische oder politische Alternative zur Norm. Der Begriff »hard science fiction« taucht zum ersten Mal 1957 bei P. Schuyler Miller (1912–1974) auf, dem bei Campbells *Astounding Science Fiction* für Buchbesprechungen zuständigen Redakteur. Er bezeichnete, was bis in die frühen fünfziger Jahre die Norm in der Science Fiction war: technologischer und sozialer Wandel durch die Brille des Ingenieurs gesehen und mit aus den Naturwissenschaften entliehenen Modellen erklärt. Mit Pohl und Kornbluths sozialkritischer Satire *The Space Merchants* oder der anthropologischen SF von Chad Oliver (1928–1993) entstand langsam ein Korpus von Werken, die den »weichen« Geisteswissenschaften – Psychologie, Soziologie, Anthropologie und auch Ökonomie – einen höheren Stellenwert einräumten. Aber erst in den siebziger Jahren schälte sich die »harte« Science Fiction als Reaktion auf den Subjektivismus der »New Wave« in Form einer Untergattung mit eigener Programmatik heraus.

Die harte Science Fiction definiert sich vor allem durch die Identifikation mit historischen Musterbeispielen. So gilt *Mission of Gravity* (April–Juli 1953 in *Astounding*, als Buch 1958, dt. als *Unternehmen Schwerkraft*) von Hal Clement (1922–2003) als Meisterstück der harten Science Fiction. Clement schildert den Versuch einer menschlichen Expedition, eine auf dem Planeten Mesklin abgestürzte wertvolle Sonde zu retten. Mesklin ist ein riesiger, schnell rotierender und daher scheibenförmiger Planet mit Ozeanen aus flüssigem Methan. Die Schwerkraft auf dem Planeten ist siebenhundertmal stärker als auf der Erde. Clement beschreibt, wie im Orbit befindliche Astronauten mit der mutigen Hilfe des kleinwüchsigen Mesklin-Bewohners Barnennan die Sonde bergen. In seiner literarisch nüchternen, durchdachten und plausiblen Gestaltung des Planeten und seiner Bewohner blieb Clement so eng an den Tatsachen, wie es die zeitgenössische Wissenschaft erlaubte. *Dragon's Egg* (1988, dt. als *Das Drachenei*) von Robert L. Forward (1932–2002) ist ein neueres Beispiel harter SF in der Tradition Clements. Der Physiker Forward beschreibt, wie das Leben auf der Oberfläche eines Neutronensterns aussehen könnte. Larry Nivens berühmter Roman *Ringworld* (1971, dt. als *Ringwelt*) gestaltet keinen Planeten, sondern ein riesiges künstliches Raumhabitat; Ähnliches tun Arthur C. Clarke in *Rendezvous with Rama* (1972, dt. als *Rendezvous mit Rama*) und Greg Bear in *Eon* (1985, dt. als *Äon*). All dies sind Beispiele extravaganter »makrokosmischer« harter SF: Während versucht wird, sich an alle bekannten wissenschaftlichen Gesetze und Tatsachen zu halten, werden ganze Welten – ob künstlich oder natürlich und oft in der fernen Zukunft – ausgestaltet. Weniger riskant und fehleranfällig – Larry Nivens Ringwelt ist nicht in der Lage, eine stabile Position im Weltraum beizubehalten, und daher musste Niven in den Nachfolgeromanen die Ringwelt mit Stabilisierungsraketen ausstatten – ist »mikrokosmische« harte SF: Diese Geschichten spielen in der nahen Zukunft und handeln von technologischen Entwicklungen, die bereits geplant oder im Lichte gegenwärtigen Wissens plausibel sind. Einer der frühesten Vetreter dieser Spielart ist George O. Smith (1911–1981) mit seinen »Venus Equilateral«-Geschichten (1942–1945, dt. als »Relaisstation Venus«); dort schildert Smith die technischen Herausforderungen der Kommunikation im Weltraum. *Islands in the Sky* (1952) von Arthur C. Clarke gibt eine realistische Beschreibung des Lebens und der Arbeit auf einer Raumstation; sein *Fall of Moondust* (1961, dt. als *Im Mondstaub versunken*) schildert die Rettung einer abgestürzten Mondfähre, und in *Fountains of Paradise* (1978, dt. als *Fahrstuhl zu den Sternen*) schildert er den Bau eines Raumfahrstuhls. Ebenfalls einen Raumfahrstuhl beschreibt Charles Sheffield (1935–2002) in *The Web Between the Worlds* (dt. als *Ein Netz aus tausend Sternen*). Ein weiterer Grund,

»Harte« Science Fiction

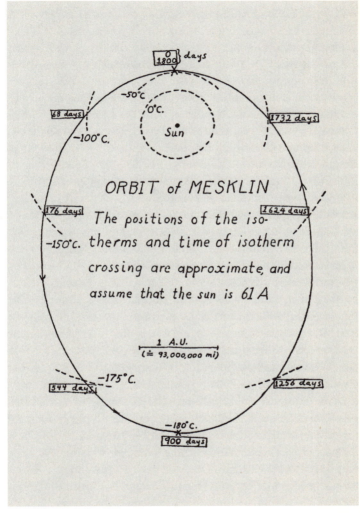

Skizze von Hal Clement zu *Mission of Gravity* – der Autor nahm die astronomischen Grundlagen des Szenarios offensichtlich sehr ernst

»Harte« Science Fiction

warum harte SF von vielen Lesern geschätzt wird, ist eine weitaus realistischere Schilderung des wissenschaftlichen Alltags. Gregory Benfords *Timescape* (1980, dt. als *Zeitschaft*) zeigt eine Gruppe von Wissenschaftlern bei ihrem gemeinsamen Versuch, mit der Zukunft in Kontakt zu treten.

Die bisher genannten Beispiele beschäftigen sich hauptsächlich mit Astronomie, Raumfahrt und der Physik. Die rasanten Entwicklungen der Biologie und Biotechnologie seit den achtziger Jahren haben der harten SF einige neue fruchtbare Felder erschlossen und dieser Untergattung zu einer Renaissance verholfen. Greg Bear beschreibt in *Darwin's Radio* (1999, dt. als *Das Darwin-Virus*), wie die Aktivierung eines Virus zur Evolution einer neuen Menschenart führt. Sein *Blood Music* (1985, dt. als *Blutmusik*) ist ein frühes Beispiel für SF, das die Risiken der Biotechnologie thematisiert. Ähnliche Themen nehmen auch Wil McCarthy in *Bloom* (1998) und Linda Nagata in *Limit of Vision* (2001, dt. als *Götterfunke*) auf. Beide Romane beschreiben künstliche Lebensformen, die sich viel schneller entwickeln und fortzupflanzen vermögen als ihre rein biologischen Konkurrenten. Die Unkontrollierbarkeit mikrobieller Lebensformen ist das Thema von Paul McAuleys *The Secret of Life* (2001), in dem eine vom Mars auf die Erde gebrachte Mikrobe ein zerstörerisches Potenzial entwickelt. Der ehemalige Meeresbiologe Peter Watts (geb. 1958) schildert in *Starfish* (1999), *Maelstrom* (2001), *Behemoth: B-Max* (2004) und *Behemoth: Seppuku* (2005), wie eine aus einem pazifischen Tiefseegraben freigesetzte urzeitliche mikrobielle Lebensform das gesamte Leben auf der Erde bedroht. Im Grenzbereich zwischen harter SF und Thrillern sind viele Werke von Michael Crichton angesiedelt; weitere Beispiele für diese publikumswirksamen SF/Thriller-Hybride sind Paul McAuleys *White Devils* (2004) oder Frank Schätzings *Der Schwarm* (2004).

Nicht nur Nano-, Gen- und Biotechnologie haben in den vergangenen Jahren der Harten SF zu einem enormen Aufschwung verholfen, auch evolutionäre und ökologisch-planetarische Themen fanden wieder Aufmerksamkeit. Anders als mikrobielle Genetik oder Bio- und Nanotechnologie eignen sich weder Evolutionsbiologie noch Ökologie wegen der enormen Komplexität und der historischen Bedingtheit ihres Gegenstandsbereiches sonderlich gut für Extrapolationen. Es gab allerdings immer wieder Versuche die Lebensgemeinschaften alternativer Welten auf einem wissenschaftlichem Fundament zu gestalten. Ein frühes Beispiel dafür ist Frank Herberts *Dune*, aber die Genetik-Professorin Joan Slonczewski (geb. 1956) erweist sich sich weitaus treuer gegenüber aktuellen Theorien der Evolutionsbiologie und Ökologie. In *A Door Into Ocean* (1986) entwirft Slonczewski eine komplexe, von Ozeanen bedeckte Welt, die von sich ungeschlechtlich fortpflanzenden Frauen bewohnt ist. *Evolution's Shore* (1995, dt. als *Chaga*) von Ian McDonald (geb. 1960) schildert, wie Afrika nach einem Kometeneinschlag von einer völlig neuen Pflanzenwelt erobert wird. Der Biologe Jack Cohen und der Mathematiker Ian Stewart stellen in dem Sachbuch *Evolving the Alien. The Science of Extraterrestrial Life* (2002) vor, welche Breite an Lebensformen und -gemeinschaften nach den Prinzipien der Biologie möglich ist. In *Wheelers* (2000) und *Heaven* (2004) verarbeiten die beiden diese Ideen in Romanform. Unbestrittener Höhepunkt der neuen planetarischen SF ist Kim Stanley Robinsons *Mars*-Zyklus mit *Red Mars* (1992, dt. als *Roter Mars*), *Green Mars* (1994, dt. als *Grüner Mars*) und *Blue Mars* (1996, dt. als *Blauer Mars*), der das schrittweise »terraforming« des roten Planeten schildert. Robinson verbindet überzeugend »harte« Wissenschaft und ein realistisches Bild wissenschaftlicher Praxis mit einem ausgeprägt kommunitaristischen politischen Diskurs: Die Protagonisten wollen nicht nur die Ökologie des Planeten gestalten, sondern auch eine neue Gesellschaft schaffen. Robinsons Werk war der Höhepunkt einer Welle von Mars-Romanen: *Mars* (1992) von Ben Bova (geb. 1932), *The Labyrinth of Night* (1992) von Allen M. Steele (geb. 1958), *Moving Mars* (1993, dt. als *Heimat Mars*) von Greg Bear, *Voyage* (1996, dt. als *Mission Ares*) von Stephen Baxter (geb. 1957), *The*

Martian Race (1999, dt. als *Das Rennen zum Mars*) von Gregory Benford oder *Mars Crossing* (2000) von Geoffrey A. Landis (geb. 1955).

Harte SF stellt objektive Wissenschaft und ihre Zwänge und Möglichkeiten in den Vordergrund. Charakteristisch für sie ist aber auch eine apolitische Haltung und Misstrauen gegenüber Politikern und staatlicher Bürokratie – dies bedeutet jedoch keineswegs, dass die harte SF unpolitisch ist. Was wissenschaftlich möglich oder greifbar nahe ist –, Erkundung des Weltalls, Raketenabwehr, Manipulation des Lebens – sollte nicht demokratischer Kontrolle durch ängstliche Nicht-Fachleute unterworfen werden. Ein weiteres Symptom für die implizit politische Haltung der Untergattung ist ein Bild der menschlichen Natur, das ihre Anhänger als wissenschaftlich betrachten und das in den siebziger Jahren durch die aufstrebende Humansoziobiologie unterstützt wurde. Repräsentativ dafür ist Larry Nivens »Cloak of Anarchy« (*Analog*, März 1972, dt. als »Der Mantel der Anarchie«): In einem kalifornischen Park ist unter den Bewohnern außer Gewalt jegliche Verhaltensweise zugelassen. Wer gegen dieses Gewaltverbot verstößt, wird sofort von fliegenden automatischen Polizisten (»copseyes«) bestraft. Eines Tages schmuggelt ein Bewohner, der diese autoritären Eingriffe in seine Freiheit nicht länger dulden möchte, ein Gerät ein, das alle »copseyes« außer Gefecht setzt. Sofort verschwindet jegliches zivilisierte Verhalten, und die Herrschaft von Gewalt und Chaos setzt ein. Die Moral von Nivens Geschichte: nur die Drohung der Gewalt von oben kann einen zivilisierten Zustand garantieren.

Alternative Geschichte

Was wäre geschehen, wenn die spanische Armada 1588 England erobert hätte, wenn die Südstaaten den amerikanischen Bürgerkrieg oder Deutschland den 2. Weltkrieg gewonnen hätte? Während Historiker sich lange gescheut haben, solche Fragen überhaupt ernsthaft in Erwägung zu ziehen – der bedeutende britische Historiker E. P.

Alternative Geschichte

Thompson nannte solche Versuche »unhistorical shit« –, gibt es in der fiktionalen Literatur eine kleine, aber dauerhafte Tradition, solche Szenarien zu erkunden.

Die so genannte »Alternative Geschichte« ist in vielen Gattungen zu finden. So sind Len Deightons *SS-GB* (1978) oder Robert Harris' *Fatherland* (1992, dt. als *Vaterland*) typische Beispiele für politische Thriller. Die meisten Beispiele der alternativen Geschichte rechnen sich jedoch der Science Fiction zu. Während es bei der »Standard«-SF um die Ausgestaltung der Zukunft unter der Bedingung eines hypothetischen oder tatsächlichen »Novums« geht, beschäftigt sich die alternative Geschichte mit der imaginativen Extrapolation der Folgen eines bestimmten fiktiven Ereignisses in der Vergangenheit – die Herausforderung an den Autor ist in beiden Fällen ähnlich, nur ist der Zeitrahmen versetzt. In der Science Fiction gibt es zwei Formen von alternativer Geschichte: alternative oder parallele Zeitlinien. Ein klassisches Beispiel für die selten genutzte Möglichkeit paralleler Zeitlinien ist Murray Leinsters »Sidewise in Time« (1934, dt. als »Quer durch die Zeit«). In dieser Geschichte kommt es wegen eines »Zeitsturms« zum verheerenden Kontakt zwischen zahlreichen Parallelwelten, beispielsweise einem russischen San Francisco und einer römischen Provinz Virginia. »He Walked Around The Horses« (1948, dt. als »Er ging um die Pferde herum«) von H. Beam Piper (1904–1964) ist die Geschichte einer Figur, die 1809 in eine Parallelwelt verschwindet, in der die Amerikanische Revolution gescheitert ist und die Französische Revolution nie stattfand.

Ein wichtiges zeitgenössisches Beispiel paralleler Alternativwelten bietet Robert J. Sawyer (geb. 1960) mit *Hominids* (2002, dt. als *Die Neanderthal Parallaxe*), *Humans* (2003) und *Hybrids* (2003): In einem parallelen Universum herrscht nicht *Homo sapiens*, sondern *Homo neanderthalensis* über die Erde und die beiden Welten kommen nach einem verunglückten Experiment in einem kanadischen Neutrino-Observatorium miteinander in Kontakt.

Neben Philip K. Dicks *The Man in the High Castle* sind *Bring the Jubilee* (1953, dt. als *Der große Süden*) von Ward Moore (1903–1978) und *Pavane* (1968, dt. als *Pavane oder Die folgenschwere Ermordung von Elisabeth I.*) von Keith Roberts zwei der bedeutendsten SF-Romane, deren Handlung in einer alternativen Zeitlinie spielt. *Bring the Jubilee* ist die in einem melancholischen Ton verfasste Geschichte Hodge Backmakers, der in den ökonomisch ruinierten USA der vierziger Jahre lebt, die sich nie vom Sieg der Südstaaten im Bürgerkrieg erholt haben. *Pavane* beschreibt ein England, das 1588 von den Spaniern erobert wurde: Die englische Reformation wurde abgewürgt, und die intellektuelle Revolution des 17. Jahrhunderts fand nie statt. Im eisernen Griff der katholischen Kirche lebt England im 20. Jahrhundert technologisch und sozial noch unter mittelalterlichen Bedingungen. Diese Tendenz, die Weltgeschichte in großem Maßstab umzuschreiben, zeigt immer noch Faszinationskraft. In Jon Courtenay Grimwoods *Arabesk*-Zyklus – *Pashazade* (2001), *Effendi* (2002) und *Felaheen* (2003) – endet der im August 1914 begonnene Balkan-Krieg bereits ein Jahr später und weitet sich nie zum weltumspannenden Konflikt aus. Das Ottomanische Reich existiert noch im 21. Jahrhundert, und Deutschland übt starken Einfluss auf Ägypten aus. Grimwood nutzt dieses Szenario aber vor allem als exotische Kulisse für Techno-Thriller der nahen Zukunft. Harry Turtledove (geb. 1949) ist einer der produktivsten Verfasser von Romanen alternativer Geschichte. Seine *Worldwar*- und *Colonization*-Serien (1994–96 und 1999–2005) beschreiben, wie außerirdische Invasoren den 2. Weltkrieg unterbrechen und die ehemaligen irdischen Gegner zusammenarbeiten müssen, um die neue Bedrohung zurückzuschlagen. Auch Zeitreisen sind eng mit der alternativen Geschichte verbunden. Eines der berühmtesten Beispiele ist Mark Twains *A Connecticut Yankee at King Arthur's Court* (1889, dt. als *Ein Yankee am Hofe von König Arthur*), in der der zeitreisende Protagonist dem frühmittelalterlichen England eine verfrühte

Industrialisierung beschert. L. Sprague de Camp schildert in *Lest Darkness Fall* (1941, dt. als *Vorgriff auf die Vergangenheit*), wie der Archäologe Martin Padway sich im Rom des sechsten nachchristlichen Jahrhunderts wiederfindet und mit der Einführung des Buchdrucks, arabischer Zahlen und kopernikanischer Astronomie das »dunkle« Zeitalter verhindert.

Eine weitere Klasse von Erzählungen der alternativen Geschichte ist weniger ehrgeizig in der Ausgestaltung der neuen Zeitlinie. So überlebt in Stephen Baxters *Voyage* (1996) J. F. Kennedy 1963 den Mordanschlag, tritt 1964 zurück und drängt, nachdem er die erste Mondlandung miterlebt hat, Richard Nixon dazu, eine Mars-Mission zu planen, die dann 1986 auch verwirklicht wird. Manche Autoren vermeiden die Sphäre der Politik vollständig und konzentrieren sich auf die Welt des Privaten. *Replay* (1986, dt. als *Replay – Das zweite Spiel*), ein preisgekrönter Roman von Ken Grimwood (1945–2003), ist – wie der Erfolgsfilm *Groundhog Day* – eine Zeitschlaufengeschichte. Die Erzählung beginnt damit, dass Jeff Winston am 18. Oktober 1988 stirbt – allerdings nur, um 1963 als Achtzehnjähriger im Bett seines Collegezimmers wieder aufzuwachen. Der Protagonist darf diese 25 Jahre seines Lebens wieder und wieder durchleben, die Erinnerungen jeder Episode behalten und kann somit alle Variationen seiner persönlichen Zeitlinie durchspielen.

Auch einige deutschsprachige Autoren haben sich in der Untergattung der Alternativen Geschichte versucht. *An den Feuern der Leyermark* (1979) von Carl Amery (1922–2005) setzt die alternative Weichenstellung 1866 ein; Preußen verliert den Krieg und Bayern, umbenannt in Leyermark, entwickelt sich unter Radwig I. zu einem bedeutenden demokratischen und freiheitlichen Staat. Der Österreicher Christian Mähr (geb. 1952) schildert in *Fatous Staub* (1991) eine parallele Alternativwelt, in der keiner der beiden Weltkriege stattgefunden hat und Österreich und Deutschland von aufgeklärten Monarchien regiert werden. Anders als viele englischsprachige Autoren entwerfen Amery und Mähr ihre Alternativwelten als Utopien, allerding als rückwärts gewandte Utopien (Georg Ruppelt). *Wenn das der Führer wüsste* (1966) von Otto Basil (1901–1983) ist ein deutschsprachiges Meisterwerk der Alternativen Geschichte. Das deutsche Reich hat bei Basil – im 2. Weltkrieg Mitglied der österreichischen Untergrundbewegung – den Krieg gewonnen, da es den Amerikanern voraus war und London mit einer Atombombe zerstörte. Im Reich bestimmt die nationalsozialistische Ideologie mit all ihren Grausamkeiten und Absurditäten den Alltag, die USA werden von einer Marionettenregierung aus Mitgliedern des Ku-Klux-Klan regiert und Japan dominiert den pazifischen Raum. In einem albtraumhaften Szenario denkt Basil die nationalsozialistische Ideologie weiter und entwirft eine mögliche Wirklichkeit, die völlig bizarr, aber konsequent erscheint.

Alternative Geschichte hat sich neuerdings auch einen etwas festeren Platz in der akademischen Welt erobern können. Ein Wegbereiter – der zunächst allerdings mehr Einfluss auf die Literatur hatte – war 1931 der Brite J.C. Squire mit dem von ihm herausgegebenen Essayband *If It Had Happened Otherwise: Lapses Into Imaginary History*. Einige neuere Beispiele sind Philip Tetlocks und Aaron Belkins *Counterfactual Thought Experiments in World Politics* (1996), Niall Fergusons *Virtual History: Alternatives and Counterfactuals* (2003, dt. als *Virtuelle Geschichte*) oder Alexander Demandts *Ungeschehene Geschichte. Ein Traktat über die Frage: Was wäre geschehen wenn ...?* (2001).

GLOSSAR

Allgemeine Semantik [engl. General Semantics] – Von Alfred Korzybski begründete semantische Konzeption von Sprache. Die Allgemeine Semantik untersucht die Beziehung zwischen Sprecher, Sprache und Wirklichkeit unter dem Aspekt der Befreiung des Menschen von der »Tyrannei« der Sprache. Sie geht davon aus, dass durch die Struktur der Sprache der Mensch nicht fähig ist, die Realität objektiv zu begreifen, da die sprachliche Vermittlung der Erfahrung immer schon durch bestimmte Abstraktionen geprägt ist. Daher ist es notwendig, die Manipulationen und Verzerrungen durch Sprache zu durchschauen und sie als trügerisches Abbild der Realität zu entlarven. Science-Fiction-Autoren wie A. E. van Vogt, Robert A. Heinlein und Frank Herbert waren Anhänger dieser Lehre. *s. S. 43*

Android – Bezeichnung für einen (fiktiven) menschenähnlichen Roboter. *s. S. 10, 46*

Channeling – Eine Praxis der New-Age-Bewegung, in der eine Person in einen veränderten Bewusstseinszustand eintritt und damit einem Geist oder einem anderen spirituellen Wesen erlaubt mit Menschen zu kommunizieren. Diese Wesen können aus anderen Dimensionen oder Galaxien kommen.

Cyborg – Dieser 1960 zum ersten Mal verwendete Begriff bezeichnet ein Mischwesen aus biologischen und künstlichen Teilen. Der Name leitet sich von englisch *cybernetic organism*, »kybernetischer Organismus« ab. Cyborgs sind keine Roboter und sollten auch nicht mit Androiden verwechselt werden, die rein anorganisch sind. *s. S. 10, 72*

Diskurs – Eine Sprech- und Denkpraxis, die systematisch die Dinge erzeugt, von denen sie spricht. Der Begriff hat Ähnlichkeit mit Wittgensteins Konzept des Sprachspiels. Die Gesamtheit der Diskurse folgt zu bestimmten Zeiten bestimmten Regeln und Prinzipien, die bestimmen, wie überhaupt gesprochen und gedacht werden kann, was als jeweils wahr oder falsch gilt.

Fanzine – Fanzines sind Magazine, die von Fans für Fans gemacht werden. Sie werden oft mit den einfachsten und billigsten Mitteln vervielfältigt. Neben diesen Papierformen hat sich insbesondere mit der Verbreitung des Internets auch die elektronische Form durchgesetzt. s. S. 5

Fix-up – ein von A. E. van Vogt eingeführter Begriff; die »Montage« eines Romans aus bereits veröffentlichten Kurzgeschichten, deren verbindende Elemente meist der Hintergrund oder die Figuren sind. s. S. 42

Gender – bezeichnet die soziale Geschlechtsrolle bzw. die sozialen Geschlechtsmerkmale. Gender bezeichnet also alles, was in einer Kultur als typisch für ein bestimmtes Geschlecht angesehen wird und verweist nicht unmittelbar auf die körperlichen Geschlechtsmerkmale (Sex). s. S. 69, 89

Gothic – Literatur, die das Groteske, Schaurige und Übernatürliche betont; erlebte eine Blüte im späten 18. und im 19. Jahrhundert.

Hugo Award – seit 1954 von der »World Science Fiction Society« auf der jährlichen Weltkonvention (»Worldcon«) vergebener Preis an die beste SF des Jahres. s. S. 54

James Tiptree Jr. Memorial Award – Ein seit 1991 während der jährlichen WisCon verliehener Preis für Science Fiction, die das Verständnis von Sexualität und Geschlechtsrollen erkundet und erweitert. s. S. 67, 69

Kommunitarismus – Unter Kommunitarismus versteht man eine kapitalismus- bzw. liberalismuskritische Strömung, deren Grundidee lautet, dass nur ein in eine sprachlich, ethnisch, kulturell, religiös oder sonst wie definierte Gemeinschaft eingebetteter Mensch in der Lage ist, über die Grundsätze der Gerechtigkeit zu befinden.

Modernismus – Literarische Richtung, die die Subjektivität der Wahrnehmung in den Mittelpunkt stellt. Ein objektiver, allwissender Erzähler wird zugunsten einer Diversität der Perspektiven vermieden. Weiterhin ist eine Tendenz zur Reflexivität über den schriftstellerischen Schaffensprozess typisch. s. S. 5

Nebula Award – ein seit 1965 von den »Science Fiction and Fantasy Writers of America« (SFWA) in fünf Kategorien verliehener Preis für die besten Science-Fiction-Geschichten, die in den zwei vorangegangenen Jahren in den USA veröffentlicht wurden. s. S. 70, 81

Neutronenstern – Ein Neutronenstern ist ein leuchtschwacher Stern mit einem Durchmesser von einigen Kilometern, der jedoch die Masse eines üblichen Sterns besitzt. Er stellt das Endstadium eines Sterns einer bestimmten Gewichtsklasse dar und besteht aus einer besonderen Materieform von Neutronen mit einer extremen Dichte von manchmal mehr als einer Tonne pro cm³ im Zentrum. s. S. 112

Novum – Von Darko Suvin in seiner Definition der Science Fiction gebrauchter Begriff. Er bezeichnet damit ein technisches oder soziales Element, das in der gegenwärtigen Alltagswelt noch nicht existiert oder noch nicht möglich ist. Ein Novum sollte mit einer wissenschaftlichen oder wissenschaftsähnlichen Rhetorik erklärt werden. *s. S. 8, 42*

Okkultismus – Bezeichnung für so genannte »Grenzwissenschaften«, die sich mit den unerkärlichen, verborgenen und (noch) nicht wissenschaftlich erklärbaren Erscheinungen der Natur und des Seelenlebens befassen, zum Beispiel Telepathie, Psychokinese, Hellsehen, Materialisation und Spuk. *s. S. 107 ff.*

Paraliteratur – kommerziell orientierte Massenliteratur; eine in der Literaturwissenschaft benutzte Alternative für die wertenden Begriffe Schund- oder Trivialliteratur.

Prozine – Ein professionelles Magazin; ein Unterschied zu »fanzines« ist, dass Autoren in »prozines« bezahlt werden.

Roboter – (aus dem Tschechischen: *robota* = Fronarbeit) ein von Karel Čapek (1890 –1938) in dem Theaterstück R.U.R (1920) geprägter Begriff. Roboter sind Maschinen, die autonom eine bestimmte Aufgabe erfüllen. *s. S. 10, 50*

»romance« – ein vielgestaltiger Begriff; hier benutzt als eine literarische Form, die sich mit oft idealisierten Ereignissen beschäftigt, die weit entfernt vom Alltäglichen sind (romantische Liebe, Abenteuer etc.). *s. S. 98 ff.*

Simulacrum – Als Simulacrum bezeichnet man das Abbild, das etwas oder jemand verwandt ist oder ähnlich sieht; auch ein zentraler Begriff in zeitgenössischen Virtualitätstheorien. Hier ist das Simulacrum ein Trugbild, das keines mehr ist. Das Kennzeichen dieses Simulacrums besteht darin, dass die Unterscheidung zwischen Original und Kopie entfällt. *s. S. 62*

Slipstream – Ein von Bruce Sterling geprägter Begriff, um postmoderne Autoren wie Peter Ackroyd, Margaret Atwood oder Thomas Pynchon zu bezeichnen, die dem literarischen Mainstream verbunden bleiben, aber deren Bücher oft ausgiebig Science-Fiction-Elemente benutzen. *s. S. 79*

WisCon – Die erste und immer noch einzige, seit 1977 jährlich veranstaltete Konvention für feministische SF, die in Madison (Wisconsin) abgehalten wird.

WorldCon – Der WorldCon (World Science Fiction Convention) ist eine jährlich veranstaltete Versammlung der World Science Fiction Society (WSFS). Der erste WorldCon fand vom 2. Juli – 4. Juli 1939 anlässlich der Weltausstellung in New York statt.

Literaturhinweise

ALLGEMEINE ÜBERBLICKE

Brian Aldiss und David Wingrove, Trillion Year Spree. The History of Science Fiction. Thirsk: House of Stratus, 2001 [unveränderter Nachdruck der Ausgabe London 1986]

Neil Barron, The Anatomy of Wonder. A Critical Guide to Science Fiction. (5. Auflage), Westport: Libraries Unlimited, 2004

I. F. Clarke, The Pattern of Expectation 1644–2001. New York: Basic Books, 1979

John Clute und Peter Nicholls (Hrsg.), The Encyclopedia of Science Fiction. London: Orbit, 1999 [1993]

Thomas M. Disch, On SF. Ann Arbor: The University of Michigan Press, 2005

James Gunn und Matthew Candelaria (Hrsg.), Speculations on Speculation. Theories of Science Fiction. Lanham: Scarecrow Press, 2005

Edward James und Farah Mendlesohn (Hrsg.), The Cambridge Companion to Science Fiction. Cambridge: Cambridge University Press, 2003

Brooks Landon, Science Fiction After 1900. From the Steam Man to the Stars. New York: Routledge, 2002

Roger Luckhurst, Science Fiction. Cambridge: Polity Press, 2005

Gilbert Millet und Denis Labbé: La Science-Fiction. Paris: Belin, 2001

Adam Roberts, Science Fiction. London: Routledge, 2004

Karin Sayer und John Moore (Hrsg.), Science Fiction. Critical Frontiers. London: Palgrave MacMillan, 2000

David Seed (Hrsg.), A Companion to Science Fiction. Oxford: Blackwell Publishers, 2005

LITERATURTHEORETISCHE ARBEITEN

Carl Malmgren. Worlds Apart. Narratology of Science Fiction. Bloomington: Indiana University Press, 1991

Mark Rose, Alien Encounters. Anatomy of Science Fiction. Cambridge, MA: Harvard University Press, 1981

Robert Scholes, Structural Fabulation. An Essay on Fiction of the Future. Notre Dame: University of Notre Dame Press, 1975

Peter Stockwell, The Poetics of Science Fiction. London, Longman, 2000

Darko Suvin, Poetik der Science Fiction. Zur Theorie und Geschichte einer literarischen Gattung. Frankfurt am Main: Suhrkamp, 1979

WEGBEREITER DER SCIENCE FICTION

Paul Alkon, The Origins of Futuristic Fiction. Athens: The University of Georgia Press, 1987

James O. Bailey, Pilgrims Through Space and Time. New York: Argus Books, 1947

Mary Baine Campbell, Wonder & Science. Imagining Worlds in Early Modern Europe. Ithaca: Cornell University Press, 1999

Marjorie Hope Nicolson, Voyages to the Moon. New York: Macmillan, 1960

Robert M. Philmus, Into the Unknown. The Evolution of Science Fiction from Francis Godwin to H. G. Wells. Berkeley: The University of California Press, 1970

David Seed (Hrsg.), Anticipations. Essays on Early Science Fiction and its Precursors. Liverpool: Liverpool University Press, 1995

NATIONALE TRADITIONEN DER SCIENCE FICTION

Andrea L. Bell und Yolanda Molina-Gavilán (Hrsg.), Cosmos Latinos. An Anthology of Science Fiction from Latin America and Spain. Middletown: Wesleyan University Press, 2003

Hans Esselborn (Hrsg.), Utopie, Antiutopie und Science Fiction im deutschsprachigen Roman des 20. Jahrhunderts. Würzburg: Königshausen & Neumann, 2003

William B. Fischer, The Empire Strikes Back. Kurd Lasswitz, Hans Dominik, and the Development of German Science Fiction. Bowling Green: Bowling Green State University Popular Press, 1984

Roland Innerhofer, Deutsche Science Fiction 1870–1914. Wien: Böhlau, 1996

Manfred Nagl, Science Fiction in Deutschland: Untersuchungen zur Genese, Soziographie und Ideologie der phantastischen Massenliteratur. Tübingen: Tübinger Vereinigung für Volkskunde, 1972

Hans-Peter Neumann, Die große illustrierte Bibliographie der Science Fiction in der DDR. Berlin: Shayol, 2002

Nicholas Ruddick, Ultimate Island. On the Nature of British Science Fiction. Westport: Greenwood Press, 1993

Brian Stableford, Scientific Romance in Britain 1890–1950. New York: St. Martin's Press, 1985

Anita Torres, La science-fiction française. Paris: L'Harmattan, 1998

THEMATISCHE UND EPOCHEN-SPEZIFISCHE STUDIEN

Mike Ashley, The Time Machines. The Story of the Science-Fiction Pulp Magazines from the Beginning to 1950. Liverpool: Liverpool University Press, 2000

Mike Ashley, Transformations. The Story of the Science Fiction Magazines from 1950 to 1970. Liverpool: Liverpool University Press, 2005

Mike Ashley und Robert Lowndes, The Gernsback Days. A Study of the Evolution of Modern Science Fiction from 1911–1936. Holicong: Wildside Press, 2004

Brian Atterby, Decoding Gender in Science Fiction. London: Routledge, 2002

Paul A. Carter, The Creation of Tomorrow. Fifty Years of Magazine Science Fiction. New York: Columbia University Press, 1977

Dani Cavallaro: Cyberpunk & Cyberculture. London, Continuum, 2000

I. F. Clarke, Voices Prophesying War 1763–1984. London: Oxford University Press, 1966

Peter Fitting (Hrsg.), Subterranean Worlds. A Critical Anthology. Middletown: Weseleyan University Press, 2004

Colin Greenland, The Entropy Exhibition. Michael Moorcock and the British ›New Wave‹ in Science Fiction. London: Routledge & Kegan Paul, 1983

N. Katherine Hayles, How We Became Posthuman. Virtual Bodies in Cybernetics, Literature, and Informatics. Chicago: The University of Chicago Press, 1999

Justine Larbalestier, The Battle of the Sexes in Science Fiction. Middletown: Wesleyan University Press, 2002

Sarah Lefanu, In the Chinks of the World Machine. Feminism & Science Fiction. London: The Women's Press, 1988

Andrew Ross, »Getting Out of the Gernsback Continuum.« In: Critical Inquiry, Bd. 17, S. 411–433, 1991

Georg Ruppelt, »Nachdem Martin Luther Papst geworden war... Alternative Welten der Science Fiction.« In: Die Horen, Bd. 1, 50. Jhg., S. 103–126, 2005

George Slusser (Hrsg.), Aliens: The Anthropology of Science Fiction. Carbondale: Southern Illinois University Press, 1987

Darren Tofts, Annemarie Jonson und Alessio Cavallaro, Prefiguring Cyberculture. An Intellectual History. Cambridge, MA: The MIT Press, 2002

Gary Westfahl, The Mechanics of Wonder. The Creation of the Idea of Science Fiction. Liverpool: Liverpool University Press, 1998

ARBEITEN ZU EINZELNEN AUTOREN

Uwe Anton, A. E. van Vogt. Der Autor mit dem dritten Auge. Berlin: Shayol, 2004

Volker Dehs, Jules Verne. Winkler: Düsseldorf, 2005

Literaturhinweise

H. Bruce Franklin, Robert A. Heinlein. America as Science Fiction. New York: Oxford University Press, 1980

Marie-Hélène Huet, L'Histoire des ›Voyages extraordinaires‹. Paris: Minard, 1973

Roger Luckhurst, »The Angle Between Two Walls.« The Fiction of J. G. Ballard. New York: St. Martin's Press, 1997

Christopher Palmer, Philip K. Dick. Exhilaration and Terror of the Postmodern. Liverpool: Liverpool University Press, 2003

Patrick Parrinder, Shadows of the Future. H.G. Wells, Science Fiction and Prophecy. Liverpool: Liverpool University Press, 1995

Elmar Schenkel, H.G. Wells. Der Prophet im Labyrinth. Wien: Zsolnay, 2001

Edmund Smyth (Hrsg.), Jules Verne. Narratives of Modernity. Liverpool: Liverpool University Press, 2000

Jeffrey Allen Tucker, Sense of Wonder. Samuel R. Delaney, Race, Identity, and Difference. Middletown: Wesleyan University Press, 2004

Peter Wright, Attending Daedalus. Gene Wolfe, Artifice and the Reader. Liverpool: Liverpool University Press, 2003

Dank

Dr. Hal Hall von der Texas A. & M. University und Dr. Andy Sawyer von der Liverpool University sei für ihre Hilfe bei der Beschaffung von Bildmaterial gedankt. Ich möchte besonders die Hilfe von Hannes Riffel (Berlin) erwähnen, der das gesamte Manuskript gelesen, Anglizismen unerbittlich ausgemerzt und sorgfältig alle Fakten überprüft hat. Und letztendlich gebührt Nina ausdrücklicher Dank für den Gleichmut, mit dem sie die Invasion unserer Bücherregale durch grellbunte Taschenbücher ertragen hat.